El Conflicto en la Esfera Espiritual

Miguel Sánchez Ávila

EL CONFLICTO EN LA ESFERA ESPIRITUAL

Copyright © 2019

Miguel Sánchez Ávila

Palabra, Gloria y Poder

Niagara Falls, New York

CONTENIDO

NOTAS

Los siguientes temas tocados a continuación en este libro, son un resultado de tan solo algunos temas que expusimos en nuestro programa de televisión por varios años y que marcan una parte muy reveladora del campo espiritual que ha asombrado a muchos. Cuando comentábamos en nuestras redes sociales y mostrábamos nuestros programas televisivos sobre la parálisis del sueño, gran parte de las personas que comentaban daban sus experiencias y muchas de ellas no sabían ni qué era aquello o qué representaba, igual que la mayoría de los temas y subtemas que verás en este libro, de los cuales nuestro solo propósito es que conozcas más del campo espiritual. Para esto no se necesita una preparación, solo tener interés y estar atento, lo cual es el paso que se necesita. Quieran algunos o no, estos temas son muy reales y el campo espiritual es mucho más real que el campo material, que muchas veces envuelve y duerme a las personas y los afana en las cosas de esta vida para que hasta aun descuiden su salvación y no pongan peso a lo más importante: LO ETERNO.

No se necesita estar preparado para aceptar a Cristo, solo aceptarlo y que Él haga la transformación, por igual, leer y aprender sobre estos temas.

Aprovecha lo que Dios en este tiempo pone a tu mano, ya que la confusión, el engaño, la ignorancia y el error es lo único que se encuentra y ha encontrado de gratis y de sobra en todas las épocas y en todas las generaciones.

8

El Espíritu del Leviatán y los misterios del mar

Para muchos estudiosos, el Leviatán es una potestad demoníaca presa en un cierto límite geográfico en los océanos. Los océanos representan un gran enigma y resulta complicado estudiarlos, aún con todo el adelanto tecnológico actual, solo se ha descubierto un 5% y para poder llegar a más descubrimientos de especies y etcétera, se requiere una evolución mayor de tecnología que pueda resistir toda la presión de profundidad. Se estima que vivan un millón de especies de organismos marinos y solo se han descubierto 230 mil organismos y la cantidad estimada es solo conjetura; ni se sabe realmente cuanto faltará por descubrir. 70% de la superficie de la tierra está cubierta por océanos e impacta lo poco que se sabe sobre las misteriosas profundidades del mar.

Lo cierto es que en la historia, el mismo Cristóbal Colón fue testigo de ciertos avistamientos de los cuales muchos tienen su opinión, pero él afirmó que en el año de 1493 había visto una "sirena" en las costas de la Florida. Relacionado a ese evento, que no ha sido el único que ha tenido que ver con avistamientos del mar, Colón no quedó precisamente cautivado por su belleza y su gracia. En la crónica del primer viaje describió así su reacción: "…pero no eran tan hermosas como las pintan, que en alguna manera tenían forma de hombre en la cara." Es decir, Colón se quedó muy sorprendido de lo feas y masculinas que eran las sirenas, que nada tenían que ver con las que había visto en el arte. Muchos alegan que lo que vio el almirante Cristóbal Colón no fueron sirenas sino manatíes o vacas marinas. Estos herbívoros marinos son criaturas apacibles que pertenecen a la familia de los sirénidos. Este grupo de animales recibe su nombre de las frecuentes confusiones de los viajeros que los consideraban sirenas. En distintas culturas se ha considerado a los manatíes como a criaturas híbridas entre el ser humano y el pez. En el Amazonas se llamaba a estos mamíferos "pez-mujer". En Kenia se las conocía como "reina del mar" y en Egipto como "hermosa doncella del mar", pero vale la pena mencionar que a lo largo de la historia y aun en la actualidad, ha habido muchos avistamientos extraños en el mar.

El Leviatán es conocido dentro de círculos satanistas como "uno de los cuatro príncipes de la corona del infierno" y que representa el "elemento agua", asociándolo con "la vida y la creación" y en el marco de los rituales satánicos se le representa con un cáliz y que "gobierna el oeste en el infierno" y en la tierra y ejerce influencia sobre ciertas zonas geográficas del planeta.

La figura del Leviatán es totalmente desenmascarado en la Biblia como "príncipe de los soberbios", y deja al descubierto la manera en cómo opera.

Definitivamente esto es un tema que no puede faltar en la línea de lo que a guerra espiritual se refiere. El Leviatán es una figura en el ocultismo muy representativa considerada como un principal príncipe de demonios.

El muy conocido símbolo masón de Baphomet o Baphometti, era un dios pagano de la fertilidad, asociado con la fuerza creativa de la reproducción, y cuya cabeza era representada por un carnero y cabra, lo cual era símbolo de la procreación y de la fecundidad, usado con frecuencia por las culturas antiguas y antiguo dios del culto a Baal.

En su esencia, el símbolo masónico de Bafomet (también escrito así), tiene ciertos signos en las puntas del pentagrama invertido en donde va encerrado la cabeza de carnero o cabra: SON LAS LETRAS HEBREAS "LAMED", "VAV", "YOD", "TAV" Y "NUN-FINAL" Y FORMAN, LEYÉNDOSE A PARTIR DE LA PUNTA INFERIOR Y SIGUIENDO EN DIRECCIÓN CONTRARIA A LAS MANECILLAS DEL RELOJ, LA PALABRA "L-V-I-T-N", OSEA, "LEVIATÁN" (EN LA ESCRITURA HEBREA NO SE ESCRIBEN SIEMPRE TODAS LAS VOCALES), LA SERPIENTE DE LAS PROFUNDIDADES MARINAS, SÍMBOLO DE LAS FUERZAS OCULTAS DE LA NATURALEZA para los ocultistas:

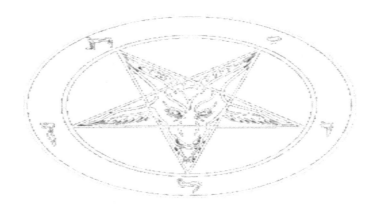

El espíritu de Leviatán es un muy conocido espíritu de destrucción que se dice opera de forma más fuerte en los meses de junio, julio, agosto y septiembre, que es cuando ocurren los grandes eventos y fenómenos atmosféricos y terribles destrucciones. Ejemplo: El mes de septiembre con las torres gemelas en el año

2001 y los huracanes y terremotos y tsunamis de esas fechas.

La palabra de Dios le llama al espíritu de Leviatán "el rey de los soberbios", en pocas palabras, significa "rey sobre los hijos de orgullo". Cuando una persona es controlada o influenciada por el espíritu de orgullo o Leviatán, presenta tres características principales:

- 1. Terquedad.
- 2. Dureza de Cerviz.
- 3. Dureza de corazón.

La Biblia describe al Leviatán así:

"En aquel día Jehová castigará con su espada dura, grande y fuerte a Leviatán, la serpiente veloz, a Leviatán, la serpiente tortuosa; y matará al dragón que está en el mar" (Isaías 27:1)

"Aplastaste las cabezas del Leviatán y lo diste por comida a los habitantes del desierto" (Salmos 74.14)

Dios formula preguntas en el libro de Job (capítulo 41) acerca del espíritu de Leviatán. A través de cada una de estas preguntas, el Señor nos revela la naturaleza de Leviatán: "¿Sacarás tú al leviatán con anzuelo, o con cuerda que le eches en su lengua? ¿Pondrás tú soga en sus narices, y horadarás con garfio su quijada?" (Job 41:1-2)

Esta pregunta que Dios hace a Job pareciera ser la inhabilidad del hombre para dominar por sí sólo este espíritu. Nosotros, los seres humanos, no podemos sujetarlo con una soga, ni atarle su quijada. La única manera de vencerlo es por medio de la ayuda de Dios, reconociendo en humildad, que nada se puede hacer sin Él. El comienzo de la humildad es reconocer nuestras limitaciones y nuestra dependencia de Dios. La persona orgullosa no depende de Dios para vivir y hacer las cosas en su vida; sino que se basta a sí misma para obtener lo que quiere.

El orgullo te dará batalla en todo lo que hagas. Un consejo importante: Nunca te metas en contienda con una persona orgullosa, porque siempre habrá discusión debido a que la contienda es parte de su vida, es algo que lleva por dentro, y su satisfacción es ver humillada a la persona que se atreva a oponérsele. Toda persona contenciosa es orgullosa. La palabra de Dios nos enseña que: Dios resiste a los soberbios y da gracia a los humildes" (Santiago 4:6) Te diría también que el sabio no discute con el necio porque el necio se quedará igual y el sabio bajará de nivel. Es una pérdida de tiempo y las perlas no se les echan a los cerdos porque te despedazan y pisotean (Mateo 7:6)

Lo que nos está diciendo esta escritura en Santiago 4:6, es que Dios se resiste, como un general, para no dejar avanzar a una persona que sea orgullosa en ninguna área de su vida, y como resultado, le va mal en todo. Algunos se preguntan: ¿Por qué me va mal en mis finanzas? ¿Por qué me va mal con mis hijos y mi cónyuge? ¿Por qué Dios no contesta mis oraciones? ¿Por qué siempre que hago algo me sale mal? La respuesta a estas preguntas es que hay un general que lo está resistiendo, y ese general, es Dios mismo. "Su espalda está cubierta de fuertes escudos, cerrados estrechamente entre sí" (Job 41:15) El espíritu de Leviatán u orgullo se cubre con otros espíritus para protegerse a sí mismo de los ataques. Estos espíritus funcionan como escudos, para volverlo impenetrable. Estos demonios que lo protegen, son con los que se tiene que lidiar primero para luego echar fuera al espíritu fuerte (Leviatán).

Algunas personas no pueden recibir santidad porque su reino está protegido con escudos. Por ejemplo, algunas personas influenciadas por este espíritu de orgullo, se protegen con espíritus de rechazo, lujuria, inseguridad, vergüenza, temor y otros. Todos estos espíritus se encuentran en una persona que tiene espíritu de orgullo. Algunas veces, las personas dan "razones" por las cuales son orgullosas. Todo el tiempo están levantando paredes para no dar amor ni darle el corazón a nadie. Lo más terrible de todo esto, es que la persona que tiene el espíritu de Leviatán, está tan cegada que no se da cuenta de que es orgullosa. Estas razones provienen de los espíritus (escudo del Leviatán), que están ejerciendo su tarea de protegerlo.

> *La persona que está cegada por el espíritu de Leviatán, es impenetrable, no se puede llegar a su corazón y, si por casualidad se llegase a tocar su corazón, pronto se alejarán argumentando razones para tal alejamiento, razones que siempre son producto de su orgullo. Dios mismo tiene que romper ese corazón a través del padecimiento y del dolor para poder penetrar esa coraza. Hazte esta pregunta: ¿Hay algún área de mi vida que es impenetrable, que la estoy cubriendo de alguna manera? El poder de Leviatán es roto, solamente cuando echamos fuera aquellos espíritus que lo protegen.*

"El uno se junta con el otro de modo que el viento no pasa entre ellos". Job 41:16.

El viento, en el idioma griego, es "pneuma", que significa espíritu; y si lo aplicamos a lo que estábamos hablando anteriormente, diríamos que las escamas están tan apretadas entre sí, que ni siquiera el Espíritu Santo (viento) puede pasar, entrar. El orgullo es un espíritu que bloquea a una persona para que no pueda fluir en lo espiritual. A menudo, las personas a las que les cuesta mucho fluir en los dones del Espíritu Santo, son las que están batallando con el espíritu de Leviatán. El enemigo habla a la mente y al corazón de la persona orgullosa, dándoles razonamientos y excusas, tales como: "tú lo tienes todo, no necesitas nada más, no necesitas cambiar, tu denominación es la correcta, tu determinación es la correcta y todo el mundo está mal, tú tienes la sana doctrina, y la verdad". Dios quiere cambiar eso por medio de su Espíritu Santo; pero nosotros, por nuestro orgullo, no lo dejamos.

El espíritu de orgullo en una persona, bloquea todo aquello que la pudiera llevar a cambiar para mejorar y ser diferente; bloquea su corazón para que, al momento de ser corregida, rechace la corrección y no pueda crecer espiritualmente, que es lo que sucede cuando una persona recibe la disciplina.

"Unido está el uno con el otro, trabados entre sí, no se pueden separar" (Job 41:17)

Los demonios suman fuerza cuando se juntan (crean una cadena de ataduras en la persona), ayudándose mutuamente para mantener protegido al "hombre fuerte". Si estas personas no buscan su liberación, pueden permanecer "atadas" durante muchos años; pero, en el momento en que deciden humillarse y arrepentirse, el Señor puede y quiere obrar en ellas. "Cuando estornuda, lanza relámpagos; sus ojos son como los párpados del alba. De su boca salen llamaradas; centellas de fuego brotan de ella" (Job 41:18-19)

Este espíritu orgulloso es un dragón que se manifiesta a través de la lengua. Santiago 3:15 dice: "Así también la lengua es un miembro pequeño pero se jacta de grandes cosas. He aquí, ¡cuán grande bosque enciende un pequeño fuego!"

Ésta es una referencia obvia al orgullo. Leviatán manifiesta lo que es a través de la lengua:

- 1. Jactándose (recordemos que el soberbio es uno que se jacta de sus logros, que exagera facultades y virtudes que no tiene, y siente en su corazón y dice con su boca que haría cualquier cosa, mejor que los otros).

- 2. Mintiendo exageradamente.

- 3. Maldiciendo continuamente. La persona orgullosa siempre está hablando mal de otros y exaltándose a sí misma.

"Por el pecado de su boca por la palabra de sus labios sean ellos presos en su soberbia y por la maldición y mentira que profieren" (Salmos 59:12)

Dos de los pecados de orgullo son maldecir y mentir.

Una persona orgullosa se jacta continuamente. Jactarse significa hablar de uno mismo con vanagloria; es alardear, presumir, ostentar de lo que se tiene o se cree ser o tener. ¿Por qué las personas mienten acerca de su edad? ¿Por qué mienten acerca de su estado civil, de su raza, nacionalidad, origen y pasado? Porque un espíritu de orgullo los está influenciando.

"De sus narices sale humo, como de una olla o caldero que hierve" (Job 41:20)

"Un caldero u olla que hierve". La palabra hervir nos da a entender un estado de agitación emocional y sentimental, referentes a la ira y a la contienda. La ira y la contienda son manifestaciones del orgullo. Proverbios 73:70 dice: "Ciertamente la soberbia produce discordia, pero con los prudentes está la sabiduría".

"Un hombre que se cree importante a sí mismo, provoca riñas y disputas". Aquellos que son fácilmente dados a las contiendas, a las riñas y a la ira, son controlados por Leviatán. El espíritu de Leviatán es el que incita a las personas a provocar contiendas, chismes, discusiones entre los hermanos, la familia y en el hogar. La ira y la contienda van de la mano. Por esa razón Job dice en "En su cerviz está su fuerza, y delante de él cunde el desaliento". Job 41:22

Hay dos fuentes que manifiestan el Espíritu de Leviatán, y éstas son:

- 1. La testarudez
- 2. La dureza de corazón

De acuerdo al versículo citado, Leviatán es fuerte en su cerviz o cuello. "En su cerviz está la fuerza". Esto se refiere a que el ser testarudo y rebelde es una manifestación del orgullo. Las personas orgullosas odian la sumisión a la autoridad, y son como el mulo, es decir, nunca cambian su mentalidad. A esta clase de personas, se les considera de "mente cerrada"; nunca salen de su caja. Nunca ceden la razón a nadie.

La persona que es testaruda, se rehúsa a cambiar; no admite que está equivocada ni pide perdón. Hay algunas personas que se rehúsan a cambiar su vida personal, y por eso, Dios no ha obrado en ellas. También, se rehúsan a cambiar en su vida sentimental o su matrimonio porque siempre están culpando a la mujer o al hombre, y mientras cada uno no tome responsabilidad de sus actos y se humille, no habrá cambio.

Vivimos en un tiempo en donde muchos se rehúsan a cambiar. Tienen una luna de miel con el ministro y la iglesia mientras no se les dice nada que los contraríe. Cuando se les dice la verdad, se van porque no soportan la presión de sus líderes ni la presión de servir.

Muestran una gran resistencia al cambio, y todo esto, no es otra cosa que una manifestación del espíritu de Leviatán. Una señal de que estás creciendo espiritualmente en un lugar, en el ámbito personal y familiar, es que hay cambios en tu vida. Los cambios son señales de que Dios está trabajando en tu corazón y que no lo estás resistiendo; si estás cambiando, regocíjese. Por ejemplo, si antes te gustaba decir malas palabras y maldecir y ya no lo hace, significa que está cambiando. Si antes no diezmaba, y ahora has decidido obedecer para recibir más bendición diezmando, quiere decir que estás cambiando. Si antes eras controlado por la ira y ahora logras controlar tu ira, es porque está cambiando; no estás resistiendo a Dios, sino que te estás dejando moldear por Él.

"Firme es como una piedra su corazón, fuerte como la piedra de un molino" (Job 41:24)

Una persona influenciada con el espíritu de Leviatán, tiene su corazón endurecido, y por eso, no puede ser sensible a la voz de Dios. El endurecimiento del corazón es causa de las heridas emocionales del pasado y de la práctica del pecado continuo. Esto lleva a la persona orgullosa a endurecer su corazón. Veamos lo que Jesús dijo en Marcos 8:17: "Y entendiéndolo Jesús, les dijo: ¿Qué discutís, por qué no tenéis pan? ¿No entendéis ni comprendéis? ¿Aún tenéis endurecido vuestro corazón?". Esta condición de endurecimiento de corazón, da como resultado ceguera y sordera espiritual. Eso les ocurre a aquellos individuos orgullosos no entendidos ni oidores de la Palabra. Es alguien que casi nunca llora, que no sufre quebrantamiento en su corazón.

Una persona orgullosa siempre provoca grandes problemas de contienda dondequiera que vaya, y agita todo a su alrededor. A veces no es sensible a la necesidad de la familia ni de las personas en general. De cosas minúsculas, forma un gran problema, y hace enojar a todos los que están con ella. *"Menosprecia toda cosa alta; es rey sobre todos los soberbios" (Job 41:34)*

Menosprecia todo aquello que le hable o le recuerde que hay que humillarse, servir, depender de Dios. Todo aquello que es noble y bueno, lo desprecia. El espíritu de Leviatán menosprecia la oración, menosprecia el amor a los demás, a Dios y a su Palabra, y su único deseo es exaltarse a sí mismo.

Los espíritus relacionados con Leviatán son la *ira, Brujería, Arrogancia, Perfeccionismo, Contención, Rebeldía, Desobediencia, Vanidad, Independencia, Adivinación, Mentira, Rechazo.*

El espíritu de orgullo es un espíritu que compensa a la persona que se siente rechazada. Cuando una persona se siente rechazada, el orgullo causa que ella sienta una falsa seguridad y que ella se sienta mejor acerca de sí misma. El espíritu de orgullo causa que la persona se cubra y se esconda, que sienta miedo de ser ella misma, porque eso lo hace vulnerable.

Existe una diferencia entre la clase de orgullo que Dios odia (Proverbios 8:13) y la clase de orgullo que sentimos acerca de un trabajo bien realizado. La clase de orgullo que procede de la auto-justificación es pecado y Dios la aborrece porque es un obstáculo para buscarle a Él. El Salmo 10:4 explica que los orgullosos están tan llenos de sí mismos que sus pensamientos están lejos de Dios. "El malo, por la altivez de su rostro, no busca a Dios; no hay Dios en ninguno de sus pensamientos." Esta clase de orgullo altanero, es lo opuesto al espíritu de humildad que Dios busca: "Bienaventurados los pobres de espíritu, porque de ellos es el reino de los cielos." Mateo 5:3. De esta manera, los "pobres de espíritu" son aquellos que reconocen su total bancarrota espiritual y su inhabilidad para venir a Dios aparte de Su divina gracia.

Los orgullosos, por otra parte, están tan cegados por su soberbia, que piensan que no tienen necesidad de Dios o aún peor, que Dios debe aceptarlos como son, porque ellos merecen ser aceptados.

A través de toda la Escritura, se nos habla acerca de las consecuencias del orgullo. Proverbios 16:18-19 nos dice que, "Antes del quebrantamiento es la soberbia, y antes de la caída la altivez de espíritu. Mejor es humillar el espíritu con los humildes, que repartir despojos con los soberbios." Satanás fue echado del cielo por su orgullo (Isaías 14:12-15). Él tuvo la egoísta audacia de intentar reemplazar a Dios mismo como el legítimo gobernante del universo. Pero Satanás será lanzado al lago de fuego y azufre en el juicio final de Dios. De la misma manera, para aquellos que se levantan desafiantes contra Dios, no les espera nada más que el desastre, "Porque yo me levantaré contra ellos, dice Jehová de los ejércitos, y raeré de Babilonia el nombre y el remanente, hijo y nieto, dice Jehová." (Isaías 14:22).

El rehusar admitir el pecado o justificarlo como también querer reconocer que hemos logrado tal o cual objetivo por nuestra propia valía no llegaremos a vivir y heredad la vida eterna. El orgullo, ha sido una piedra de tropiezo para la gente soberbia. No debemos sentirnos superiores de nosotros mismos, pero si queremos glorificar algo, entonces debemos proclamar la excelencia de Dios Padre. Lo que decimos de nosotros mismos, no significa nada en la obra de Dios. Es lo que Dios dice acerca de nosotros, lo que hace la diferencia.

"Pero nosotros no nos gloriaremos desmedidamente, sino conforme a la regla que Dios nos ha dado por medida, para llegar también hasta vosotros" (2Corintios 10:13).

Hay personas que quieren vivir sin prohibiciones, o sin leyes divinas que los rijan. Afirman que quieren ser "libres" y no "esclavos" de reglas o mandatos divinos que no les dejen "disfrutar" de la vida. Pero estas personas NO saben que los que desobedecen a Dios, y a sus leyes, son esclavos del pecado. Al respecto dice Jesús: "...todo aquel que hace pecado, esclavo es del pecado." Juan 8:34. Es decir, el que no quiere obedecer los mandamientos de Dios, se vuelve esclavo de su carne, de sus pasiones, y de sus vicios. Quien es verdaderamente libre es aquel que se ha decidido a dejar el pecado de orgullo, y esto significa; someterse a los mandamientos de Dios con humildad. De modo que si quieres ser verdaderamente libre de tu orgullo, debe seguir el siguiente consejo de Jesús: "Así que, si el Hijo os libertare, seréis verdaderamente libres" Juan 8:36. Sí, Jesús es el único que puede libertar al pecador perdido y esclavo. Sólo Cristo; su doctrina y sus mandamientos, pueden hacernos libres de orgullo.

El orgullo en el corazón:

La Biblia nos dice, "El malo, por la altivez de su rostro, no busca a Dios" Salmo 10:4. El asunto no es cómo impresiona una persona (de hablar suave, gracioso), sino más bien, la condición humilde de su corazón para con Dios.

El orgulloso busca su propia honor y no la gloria de Dios. La Escritura también nos dice:

- "Antes del quebrantamiento es la soberbia, y antes de la caída la altivez de espíritu" Proverbios 16:18.

- Dios odia el orgullo de los hombres, y también odia a aquellos hombres que lo poseen: "Los insensatos no estarán delante de tus ojos; aborreces a todos los que hacen iniquidad" Salmo 5:5.

Aquellos que hacen iniquidad son los mismos hombres orgullosos que rechazan a Dios:

- "Dice el necio en su corazón: No hay Dios... ¿No tienen discernimiento todos los que hacen iniquidad?" Salmo 14:1-4.

- "Abominación es a Jehová todo altivo de corazón, ciertamente no quedará impune" Proverbios. 16:5.

Dios aborrece al orgullosos (Proverbios 16.5) y los resiste (Santiago 4.6).El orgulloso terminará mal. (Proverbios 16.18) Aprendamos de Jesús: Mateo 11.29. Dios nos libre y quebrante para no caer en este sutil pecado y ser controlados.

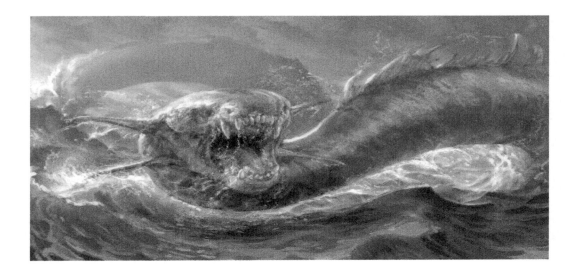

¿Qué es la Parálisis del sueño?

¿Te ha pasado alguna vez o más de una vez una experiencia en la cual de momento estabas dormida o dormido y no te podías levantar y te sentías como inmóvil en la cama o colchón sin poder moverte y como que "una fuerza" te lo impedía? Mientras esto sucedía… ¿No sentiste a la vez una determinada opresión maligna o viste alguna figura demoníaca que se te trepara encima y tú no te podías mover y hacías hasta lo imposible para hacerlo? Para irme más a detalles específicos… ¿Ese personaje maligno no te trataba de asfixiar apretando tu cuello o sencillamente estaba allí su presencia y lo mirabas y no te podías levantar ni reaccionar y él te miraba fijo o sentías que te iba a hacer daño? En el caso de muchas experiencias aisladas por cristianos, la presencia maligna que sentían que los aprisionaba, los dejaba tan pronto en su mente decían el nombre de Jesús y oraban, ya que hasta que la entidad no se iba, de alguna forma les impedía hablar y reprender hasta que estuviera lejos, solo podían hacerlo todo en su mente y luego experimentaban un dolor como si hubieran estado en un forcejeo o una pelea.

Si ya te ha pasado esto, de forma igual o semejante, NO estás solo ni sola. Muchos hemos pasado por lo mismo. El nombre que se le da a este "fenómeno" le dicen "parálisis del sueño" Algunas de las víctimas de esta horrible condición son capaces de convencerse de que la experiencia no era más que un sueño o incluso de una pesadilla terrorífica. Otras personas permanecen convencidas de que han sido atacadas por una entidad sobrenatural. Estos últimos afirman que su agresor es en realidad un fenómeno externo y no de un estado producido por su subconsciente. Sin embargo, como siempre los expertos sobre sueños y psicólogos descartan que esto sea un fenómeno espiritual o "paranormal", como más bien le llama el campo secular, explicando que los pensamientos, imágenes y sensaciones liberados del subconsciente de una persona son en última instancia ajena al individuo. Pero la realidad es mucho más compleja, ya que el estado de sueño es un fenómeno que actualmente tiene **muchas cuestiones sin respuesta**.

En todo el mundo, y con el paso del tiempo, los aspectos fisiológicos de la parálisis del sueño han sido y siguen siendo los mismos, independientemente de la raza, la religión o la cultura de la víctima. Son las interpretaciones casi incontables de estos síntomas, que hacen que la parálisis del sueño sea uno de los fenómenos "paranormales" más temidos.

La explicación que dan algunos expertos es que la "parálisis del sueño" está estrechamente relacionada con la parálisis natural que ocurre en el sueño REM (en inglés *"Rapid Eye Movement"* o *"Movimiento Rápido de los Ojos"*) del estado de sueño. La víctima está totalmente consciente y alerta, sin embargo, el cuerpo permanece paralizado. En este estado, el cerebro es capaz de manifestar unas visiones que son vividas intensamente, sin que el cuerpo no pueda reaccionar. La reacción comprensible a este escenario es el miedo y el pánico, siendo para la victima una experiencia terriblemente real. Todos los sentidos naturales del individuo permanecen en pleno funcionamiento, es decir, olor, gusto, tacto, oído y la vista estando estos presentes aumentando el terror. Durante el sueño REM el metabolismo es más lento, **el ritmo cardíaco se reduce**, como también la presión arterial y la frecuencia respiratoria. Junto con todo esto viene la parálisis muscular, siendo todas estas un mecanismo de seguridad para evitar lesiones durante el estado de sueño. Con el latido del corazón y la frecuencia respiratoria reducida la víctima experimentará la sensación de presión en la pared torácica y dificultad para respirar. En este estado natural de miedo y de pánico, la víctima puede sentir una sensación de peso en su pecho.

Muchos expertos y también hermanos en la fe con ministerios de guerra espiritual, afirman que algunas personas que experimentan la parálisis del sueño están siendo sometidas por ciertas entidades negativas, a lo que pudiéramos traducir más claramente a demonios o fuerzas malignas. Es bien sabido que las "visitas" y manifestaciones se producen durante el sueño, ya que es el momento más desprotegido para nuestro ser y relativamente fácil para un espíritu o entidad. Según algunas experiencias personales, hay espíritus o entidades que optan por el asalto psicológico o físico contra la víctima. Algunas personas incluso dicen ser asaltadas sexualmente por una fuerza desconocida, aún en los sueños, comúnmente conocidos como Íncubos. Un íncubo es un demonio que se adapta a un tipo de forma masculina que se pudiera decir "asalta" sexualmente a las mujeres mientras duermen, comúnmente a personas que han sido víctimas de acoso sexual o violación y les revive el trauma, ahora, un súcubo, es el demonio que viene comúnmente a adoptar una forma femenina para el hombre.

Bueno, se dice y es hasta comprobado por casos que las 3 de la mañana es la hora en la cual los demonios se manifiestan con mayor fuerza. A esa hora le llaman "la hora del diablo" porque muchas desgracias y crímenes suceden. Lo interesante es que Cristo murió a la hora novena, o sea, las 3Pm y las 3Am es el inverso.

Mucha gente es testigo de haber experimentado ataques a esa hora con la probabilidad de brujería o proyección astral de brujos, o sea, espíritus humanos.

Gente practicante de la brujería que se quedan en un estado de trance y se transportan hacia un lugar determinado para hacer daño a una persona.

Los animales sienten mucho estos impactos espirituales.

Jesús se encargaba de orar tres horas en la cuarta vigilia, es decir de 3 de la mañana a 6 de la mañana. Estaba consciente de que esa hora tenía que necesariamente orar.

Se le dice la cuarta vigilia, porque la división de vigilia para los romanos era de tres horas cada una:

Primera vigilia: 6Pm a 9Pm

Segunda vigilia: 9Pm a 12 de la media noche

Tercera vigilia: 12 de la media noche a 3 de la mañana

¿POR QUÉ SUCEDE ESTO?

Porque aunque se hable o no de esto o se ignore, el campo espiritual es eterno y el material es temporal. No es exaltar al diablo sino que es hablar una realidad de la esfera espiritual que afecta la esfera física. Si se exaltara al diablo por hablar realidades, entonces contradeciríamos a Dios mismo y sus advertencias proféticas dadas en la Biblia. No se trata de exaltar al enemigo, sino prevenir, avisar, alertar y orientar.

Esa HORRIBLE experiencia de despertarse en mitad de la noche y de encontrarse que no puedes moverte ni gritar para pedir ayuda, de apenas ser capaz de respirar, incluso sentir un peso en el pecho, sentir una presencia junto a la cama, algo que es negativo y sentirse impotente para poder reaccionar. Independientemente de la explicación médica, o la "teoría" de muchos para este fenómeno sorprendentemente común que afecta a miles de personas, no se puede negar que se trata de una experiencia aterradora para quien lo sufre.

Las explicaciones científicas sobre la parálisis apuntan a un **cierto desajuste entre el estado de sueño y el de vigilia.** Mientras dormimos y el subconsciente trabaja para airearse, nuestro cerebro paraliza nuestro cuerpo para evitar que nos hagamos daño. Y en ese estado intermedio nos despertamos y retomamos conciencia, mientras tanto nuestro cuerpo está paralizado.

Según las experiencias vividas de este tipo. Podemos decir que las personas sienten presencias que se repiten y que podemos clasificar (esto es quizá lo que la ciencia no puede explicar):

La presencia del Intruso: Se siente la presencia de alguien cerca, un ser con intenciones malignas, aterradoras, literalmente, con las peores intenciones que te puedas imaginar. Algunos la sienten al lado de la cama y por tanto, no pueden verla ya que el cuerpo no se mueve. Otras personas ven estas presencias, se acompaña de alucinaciones que nos muestran demonios, gentes con rostros tapados o deformados y "caricaturescos".

La presencia de los íncubos: En este caso, la presencia les toca, les presiona cierta parte del cuerpo, bien el abdomen o el pecho la mayoría de las veces. Pero en ocasiones, muchas mujeres sienten que esa presencia está asaltándolas sexualmente y con una fuerza terrible. El nombre de "íncubos", hace referencia al demonio que asaltaba a las mujeres en la mitología de la edad media europea.

El movimiento ilusorio: La sensación es de estar cayendo o volando o salirse del cuerpo. La idea de no poder controlar el cuerpo y no saber lo que sucede, acompaña en todo momento lo desagradable que también es esta experiencia.

En todas las culturas, en todas las regiones del mundo se dan casos de estos tipos. Muchas explicaciones se sustentan en las creencias, en la mitología de la zona.

Demonios, "fantasmas", espíritus tomando formas de personas muertas, etc... Y no es raro, porque en muchas ocasiones, las parálisis del sueño coinciden con ciertas fechas e incluso con momentos de la vida angustiosos. Destacan a veces los casos de personas que han sufrido una parálisis de sueño justo en el momento en que moría un familiar cercano o un amigo en otro lugar, como si a nivel subconsciente hubiera una conexión más profunda.

Lo que percibe cada cual en el momento que experimenta esta parálisis del sueño es tan fuerte, que para muchas personas dejará huella para el resto de su vida. Muchas de ellas aconsejan no abrir los ojos, y no hacer caso a lo que se escucha. Muchos han visto "personas", demonios, tiene sensación de locura, sensaciones de angustia y soledad... Todo lo que más terror puede darles. Los miedos inconscientes de algunos salen a la superficie sin barrera, ya no pueden retenerlos debajo de la conciencia, y cuando salen, verdaderamente aterran.

¿Cuál es el misterio de los sueños?

Algunos sueños que solemos tener obviamente vienen de Dios, como aquellos referentes a tener una familia unida que le sirva. Sin embargo, a veces es difícil diferenciar cuando un sueño viene de Dios o no, en especial cuando un sueño se trata de un ministerio, una carrera o un proyecto.

Los peores errores que puedes cometer, es confundir el propósito de Dios para tu vida con tus sueños de autorrealización personal y profesional disfrazados.

Existen 3 características de un sueño que viene de Dios para tu vida, para que sepas si un sueño que tienes en verdad viene de Dios o no.

1. Un sueño que viene de Dios es acorde a Su palabra.

Esto es algo bastante obvio, pero que lamentablemente muchas personas olvidan.

Si quieres saber qué dice Dios de un sueño que tienes, lee la Biblia. Allí está todo lo que tú necesitas saber.

Anota esto en tu mente: El Espíritu Santo que escribió la Biblia, jamás te hará o dirá algo contradictorio a lo que dice la Biblia.

Además de leer la Biblia, lo mejor que puedes hacer es orar por sabiduría y dirección. Ora mucho.

2. Un sueño que viene de Dios consiste en que guíes a las personas a Cristo.

Esta es la principal característica de un sueño que nace en el corazón de Dios.

La Biblia dice: *"Deléitate en el Señor y Él concederá los deseos de tu corazón"* (Salmos 37:4). Y es que cuando nos deleitamos en Él, deseamos lo que Él desea.

En un sueño que viene de Dios, tus dones, habilidades y hasta tu título universitario, están enfocados en invitar a las personas a que pongan su mirada en Jesús. Dios quiere que prediques a Jesús en las cosas que haces y en donde sea que te encuentres, no como un medio para un fin, sino como también el fin.

Y por supuesto, en los sueños de Dios tienes amor por las almas y no por los números. Tu predicación es radical, bíblica y apunta a Cristo. No importa si a algunas personas no les agradas; lo importante es lo que Dios opine de ti.

3. Un sueño que viene de Dios no es fácil de alcanzar.

Si el sueño que tienes no requiere "sudor", entonces es un sueño muy fácil… y es posible que no sea el sueño que Dios quiere para ti.

Los sueños de Dios son difíciles de alcanzar para que la gloria sea de Él y no de ti. Un sueño nacido en la mente de Dios no puede ser cumplido sin esfuerzo y sin el Creador de ese sueño.

Por último…

No todos los sueños de Dios son idénticos. Aquí estoy hablando de cómo puedes reconocerlos a partir de algunas de sus características.

Lo importante de todo esto, es que sepas que los sueños de Dios para tu vida no se tratan principalmente de ti. Se tratan de Él y Su gloria, y eso, mi amigo, es lo mejor de los sueños de Dios.

Por medio de dos sueños José, por poner un ejemplo, tuvo revelaciones proféticas muy importantes de lo que sería su destino. Si José, a los 17 años, tuvo dos sueños que revelaron proféticamente el lugar de eminencia en donde Dios lo iba a colocar, y vemos más adelante en su historia, que puede revelar los sueños de un copero y de un panadero más el sueño que tuvo Faraón en Egipto, y que todo se cumplió a la perfección, está más que probado que él ya sabía desde siempre el significado de sus dos sueños que había tenido desde más joven. Hay un dicho judío que dice que los sueños no se dan porque se dan, y que siempre tienen un significado. Aunque Jacob regañó a José, la Biblia nos dice que meditó después en eso (Génesis 37:11)

Lo importante para ver relacionado a los sueños proféticos divinos y en donde Dios habla, es que vienen siempre confirmados porque son más de uno. José vio al sol, la luna y 11 estrellas postrarse ante él y también los manojos de su familia postrarse ante su manojo. Daniel interpretó y dijo el sueño que Nabucodonosor tuvo relacionado a los imperios que se levantarían pero también tuvo él un sueño de 4 bestias en donde esos mismos imperios se confirmaron y hasta con más detalles de lo que sucedería (Daniel 7)

¿Qué pasa en nuestro cerebro cuando dormimos?

Empecemos por el principio: ¿para qué sirve dormir? La realidad es que existen infinidad de hipótesis acerca de las funciones del sueño, pero de entre todas esas posibles funciones, tenemos un nivel aceptable de evidencia científica sobre las siguientes.

- Reposición y gestión de la energía química del cuerpo.

- Memorización y consolidación de lo que hemos aprendido durante la vigilia.

- Regulación de la temperatura del cerebro.

- Eliminación de las sustancias nocivas que produce el cerebro durante la vigilia.

- Reparación de los tejidos del cuerpo.

- Plasticidad cerebral (modelado del cerebro) durante la fase embrionaria.

Todos los seres vivos con sistema nervioso necesitan dormir, el ser humano no es una excepción, pero ¿qué pasa en nuestro cerebro cuando dormimos? Si estudiamos la actividad eléctrica del cerebro de un sujeto mientras duerme observaremos 5 fases bien definidas:

Fase I: Somnolencia. Apenas cerramos los ojos y nos quedamos dormidos, el cerebro entra en el primer estadio, esta primera fase es una especie de zona intermedia entre el estar despierto y dormido. La tensión muscular decrece y la respiración se suaviza. Suele pasar durante estos momentos que si se despierta al dormido durante esta etapa, reaccionará con rapidez y negará haberse quedado dormido.

Fase II: Sueño superficial. Las ondas del cerebro se alargan y regularizan. Se bloquean todos nuestros sentidos, si bien el sueño en esta etapa todavía no es del todo reparador.

Fase III: Sueño medianamente profundo. Las ondas cerebrales aumentan en tamaño y lentitud. Las funciones de todo el organismo en su conjunto son cada vez más lentas. En caso de despertarnos en esta fase, nos encontraríamos ciertamente desorientados.

Fase IV: Sueño profundo. Se entra en la total inconsciencia. Un electroencefalograma revelaría ondas cerebrales extremadamente largas y suaves. Es donde logramos el sueño más profundo, y por lo tanto, donde nuestro organismo puede recuperarse tanto física como psíquicamente. En caso de haber sueños durante esta etapa, no serán como ver una película, sino juegos de formas y luces.

Mientras una persona va cayendo en el sueño, y va pasando progresivamente por estas fases, la actividad del cerebro va dibujando un patrón de ondas lentas. Pero tras seguir avanzando en la fase IV ocurre algo fascinante: El dibujo del electroencefalograma vuelve súbitamente a dibujar una tormenta de líneas sin sentido, un trazado caótico que nos indica que el paciente está despierto, pero si observamos a la persona, la vemos completamente dormida, y no sólo está dormida, si intentamos despertarla nos costará aún más que en la fase IV. Es el sueño más profundo, y si conseguimos despertarla nos dirá, probablemente, que estaba soñando. Si nos fijamos en sus ojos cerrados, advertiremos que debajo de los párpados los ojos bailan con movimientos rápidos. Es la *fase V*: el sueño REM (rapid eye movement). El sueño REM es tan característico que al resto de fases se les suele llamar sueño no-REM. REM se acompaña de sueños intensos y ricos en contenido, colorido y sensaciones.

Durante el REM, el flujo sanguíneo del cerebro se acelera y la respiración se hace también más rápida y entrecortada. El cerebro deja de emitir señales a la médula espinal y nuestra musculatura está quieta, lo que impide llevar los sueños a la acción. REM es el estadio de los sueños vívidos, donde sí se despierta a una persona, probablemente recuerde fragmentos. Luego de 10 minutos de REM se vuelve a descender en los estadios del *Sueño Quieto* (las cuatro primeras fases). Los cuales se irán turnando cíclicamente con las fases REM durante toda la noche.

El mito de Lilith… ¿Espíritus íncubos y súcubos?

Hay diversas tradiciones relativas a este personaje de Lilith, un personaje mitológico cananeo, cuyo nombre significa "demonio femenino" o "espíritu del viento". Es presentada como la primera compañera de Adán en el Paraíso, pero por su comportamiento fue expulsada y Eva ocupó su lugar. Ella rechazaba en el acto sexual que Adán estuviera sobre ella porque le hacía sentir inferior y se reveló.

Sólo se han encontrado breves referencias de ella en el libro de Isaías y en la tradición talmúdica, o sea, del Talmud y en la tradición judía.

Dice en la Biblia, versión Reina Valera 1960 así:

"Las fieras del desierto se encontrarán con las hienas, y la cabra salvaje gritará a su compañero; *la lechuza* también tendrá allí morada, y hallará para sí reposo" (Isaías 34:14)

La Biblia textual, que es la más cercana en su traducción al lenguaje español de los lenguajes originales bíblicos (*hebreo, arameo y griego helenístico*), menciona de forma más específica y dice en la misma cita bíblica así:

"Allí se dan citas hienas y chacales, y los sátiros llaman a sus compañeros, para que allí venga a descansar *Lilit* y halle para sí el lugar de su reposo"

Para ser más específicos y abundar más en información, Lilit (o Lilith) es una figura legendaria también del folclore judío, de origen mesopotámico. Como ya expliqué, se le considera la primera esposa de Adán, anterior a Eva.

Se dice en otras leyendas que ella abandonó el Edén por propia iniciativa y se instaló junto al Mar Rojo, uniéndose allí con Asmodeo, dios de la lujuria y demonio persa que se análoga con satán, que sería su amante, y con otras "entidades". Más tarde, supuestamente se convertiría en una "demonesa".

Se la representa con el aspecto de una mujer muy hermosa, con el pelo largo y rizado, generalmente pelirroja, y a veces alada.

El origen de Lilit parece hallarse en Lilitu y Ardat Lili, dos demonios femeninos mesopotámicos, relacionadas a su vez con el espíritu maligno Lilu. En los nombres de esta familia de demonios aparece la palabra lil, que significa 'viento', 'aire' o 'espíritu'.

Los judíos exiliados en Babilonia llevaron a su tierra de origen la creencia en esta criatura maligna, cuyo nombre, adaptado a la fonética del hebreo como לילית (Lilith), se puso en relación con la palabra parónima hebrea ליל, lil, 'noche'. Así se veía como deidad en Babilonia:

El origen de la leyenda que presenta a Lilit como primera mujer se encuentra en una interpretación rabínica de *Génesis 1:27*, ya que antes de explicar que Dios dio a Adán una esposa llamada Eva, formada a partir de su costilla *(Génesis 2:4-25)*, el texto anterior dado dice: *«Creó, pues, Dios al hombre a su imagen; a imagen de Dios lo Creó; varón y mujer los creó».* Si bien hoy suele interpretarse esto como un mismo hecho explicado dos veces, otra interpretación posible que se le ha dado, es que Dios creó en primer lugar una mujer a imagen suya, formada al mismo tiempo que Adán, y más tarde creó de la costilla de Adán a Eva. La primera mujer a la que alude *Génesis 1: 27*, dicen que sería Lilit, la cual abandonó a su marido y el jardín del Edén.

Hay menciones de Lilit pero hay cosas no comprobadas, o sea, leyendas, sin embargo mostramos esto porque sí hay en el campo espiritual fuerzas malignas que operan en base a este nombre y tiene que ver con los espíritus llamado íncubos y súcubos, de los cuales hay casos muy conocidos como "paranormales" y sin aparente explicación lógica en la vida real.

Los súcubos e íncubus son demonios y fuerzas malignas que se alimentan de la "energía sexual" de las personas. En la antigua edad media se decía que estos demonios guiados por la misma Lilit entraban en los cuartos de los hombres con el fin de extraer su esperma. No digo que sea cien por cierto verdad todo lo que interpretaban en la Edad Media, pero la cosa es que las experiencias como tal han sido no solo reales, sino también remotas y constantes en las diferentes épocas.

Siempre atacaban a través de los sueños o cuando ya se encontraba durmiendo el hombre. Se dice que complacían sexualmente a un hombre incluso mejor que lo que lo podía hacer una mujer para que a este no se le olvidara su encuentro. Por otro lado los íncubos atacaban sexualmente a las mujeres. La superstición de la decía que era con el fin de eyacular en ellas y que de ahí naciera el Anticristo.

Siempre se ha dicho que el diablo aborrece la fecundidad, porque a su vez aborrece la vida. Pero Jesucristo bendijo el amor entre el hombre y la mujer, instituyó el matrimonio y estableció la procreación y la educación de los hijos, como uno de sus fines primordiales. Sin embargo, el diablo pretende precisamente lo contrario. Por eso muchos autores aseguran, que los íncubos y súcubos no cumplen su oficio por satisfacción sino por malignidad, con el fin de dañar la vida.

Los súcubos e íncubos siguen apareciendo a lo largo de la historia. Algunos autores también mencionan mucho de su existencia vinculada a todas las civilizaciones y a todas las religiones. En concordancia con los íncubos están los djinn árabes, los sátiros griegos, los bhuts hindúes, los hotua poro de Samoa, los dusii célticos y muchos otros atribuyendo incluso a ello las características que permitieron ser líderes a muchos personajes no sólo de la mitología sino también de la historia entre ellos se pueden contar Merlín, Hércules, Rómulo, Remo, Octavio Augusto, Julio Cesar, Alejandro Magno así mismo el pueblo de los Hunos, que aterrorizo a Europa bajo el manto de Atila, y que se creyó procedente de la unión de íncubos con brujas de Oriente.

También hay menciones de una especie de humano demonio llamado "Cambions" y que se trataría supuestamente del hijo de un íncubo y un súcubo.

La descripción de los íncubos y súcubos a lo largo de la historia ha sido variada. En la antigüedad se les describía como seres alados, con cola puntiaguda, y que se manifestaban muy "simpáticos". En el caso del íncubo, se representaba como un hombre perfectamente definido, con cola y algunas veces con cuernos y alas de pájaro mirlo en algunas ocasiones. Los súcubos por su lado, eran hermosas y seductoras mujeres con cola y cuernos en algunos casos. Su fin el mismo, alimentarse de la energía sexual de los hombres y mujeres.

SUCUBUS E INCUBUS EN LA ACTUALIDAD

En la actualidad en pleno siglo XXI, asombrosamente estos temas se han venido incrementando de una manera exponencial. Ya son más las personas que cada vez más creen en fantasmas, espíritus, extraterrestres entre otras muchas cosas extrañas y misteriosas del mundo de lo cual no hayan una explicación por la falta de conocimiento espiritual y de la Biblia.

Los íncubos y súcubos no se han quedado atrás en el incremento de estas experiencias en nuestro tiempo. Miles de testimonios y relatos de personas que en pleno siglo XXI se ven asaltadas en sus cuartos por estos seres se han venido escuchando.

Las características que describen a estos seres son las mismas en muchos casos variando una que otro aspecto. Hay muchas personas que están y han sido presa de estos ataques malignos.

Las descripciones no han cambiado a como se les veía en la edad media. Los íncubos los describen como hombres blancos o negros perfectamente definidos y marcados muscularmente hablando. En base a testimonios de personas que han comentado en privado conmigo estas experiencias, y por los cuales hemos orado y hemos visto como Dios ha hecho su obra de poder, me testificaban que "no se les ve la cara". El rostro aparece borroso o simplemente no tienen. En el caso de las súcubos son mujeres altas y de un porte como una reina; "sensuales" y "sexys" y con cola puntiaguda. Algunas veces con enormes cuernos hacia arriba y con la misma particularidad: No poseen rostros. Esto me llamo la atención cuando ya había hablado de esto con 3 personas diferentes que no tienen ninguna relación alguna y me describieron lo mismo.

Los siguientes son los síntomas que se presentan en la persona al estar en cercanías a un ente de este tipo.

La persona comienza a presentar sueños húmedos.

La persona ve en sueños a alguien del sexo opuesto que los llama y en ocasiones los toca.

La persona se siente invadida en todos sus sueños por la entidad.

La persona amanece humedecida y a veces sin explicación alguna.

La persona despierta más cansada de cómo se acostó.

La persona comienza a cambiar de genio debido al agotamiento físico y mental.

La persona se vuelve un poco agresiva.

Cuando la entidad se manifiesta estando la persona despierta esta queda totalmente paralizada sin poder mover un solo dedo (parálisis del sueño)

Y algunas veces las personas se vuelven agresivas con sus familiares y con las "figuras" cristianas. Esto pueden ser predicadores, o la más mínima ilustración de lo que sea bíblico.

Los íncubos acosan a cualquier mujer ya sea vieja, joven, casada, viuda, y usualmente, en algunos casos, con traumas de violación que hasta puede haber sucedido dentro de la misma familia y hacen que se reviva una y otra vez el trauma como un tormento infernal sin descanso. Lamentablemente sucede también entre mujeres cristianas que aún no han superado esa parte tan terrible que vivieron, ya sea bien en la infancia, reciente o no tan reciente, dependiendo el caso.

En la antigüedad estos espíritus demoniacos se centraban a atacar mucho a las monjas, de lo cual se ha descubierto después muchos casos horribles de aborto y violación dentro de la Institución Católica Romana.

Por su parte los súcubos parecen tener una preferencia por los jóvenes y hombres no muy viejos apegándose muchos a estos, y si les dan cabida, por más horrible que suene, pueden hasta entablar una relación de "pareja" que puede durar años. Sí, así es. Una entidad se puede aprovechar de la fantasía de un joven que practique el ocultismo, por ejemplo, y que tenga la ilusión de tener una determinada actriz hermosa y se le personifica tal y como le guste. Ha habido casos terribles.

Los súcubos entran en contacto directo a diferencia de los íncubos por lo que la persona es consciente de que esta con alguien y en muchas veces mutuamente se tratan hasta como si fuesen "novios" o algo parecido en la determinada manifestación y dependiendo también cómo la persona misma "abra la puerta".

Supe de un caso de un joven en Estados Unidos que se decía que no se gustaba de ninguna mujer. En su casa estaban preocupados porque este no salía casi.

Solo a estudiar y enseguida regresaba a encerrarse su habitación. Cuando alguien le decía que por qué no conseguía novia este respondía ya tenía; cosa que dejaba confundido a todos. Al pasar de los meses se dieron cuenta que el joven hablaba en su cuarto con alguien, y notaban que cada día se veía más desgastado físicamente y mentalmente.

Su genio había cambiado y se volvía cada vez más agresivo con sus padres; hasta que se dieron cuenta que este trataba con un ente. Al joven lo llevaron donde ministros que pudieron ayudarlo y le alejaron el ente y a regañadientes, ya que él no quería que lo alejaran, o en este caso "se la alejaran". Tiempo después el joven cambió y comenzó a interactuar con las personas.

Muchas veces las personas se ven complacidas en ciertos aspectos por este tipo de entidades a los cuales se les venera y se les dedica todo el tiempo.

Hay algo que deben tener muy claro y es que estos espíritus malignos, demonios y entidades, siempre van a terminar atentando contra la vida de la persona, por ende si la persona colabora para su limpieza es más fácil alejar a la entidad que si no.

Algunos estudiosos creen que el fin de los íncubos y súcubos es el de poseer a la persona al final, pero es algo que realmente no es del todo cierto, ya que estas malicias se apegan a las personas y las acosan pero sin tener que entrar directamente en sus cuerpos y manipular sus acciones a diferencia de una posesión como tal.

A la hora de expulsar esto, no es necesario realizar un "exorcismo" o una

32

liberación fuerte como en otros casos peores, más bien, hay que trabajar en hacer una limpieza en la persona y al lugar donde vive para que así el espíritu demoniaco se aleje.

Si no "cierras la puerta", no dejará de entrar. El límite del libre albedrío humano no lo pueden cruzar ni estos demonios ni nada ni nadie del reino de las tinieblas.

Claro que hay otros casos un poco más complicados, como por ejemplo el siguiente, que fue un caso en Ecuador muy mencionado y que hasta salió en los periódicos y las noticias y era de una persona que era víctima de estas entidades.

Decía que un espíritu de estos lo atormentaba desde los 17 años y ahora buscaba refugiarse en Dios y el Pastor evangélico pensaba que se trataba de alguna especie de "conjuro".

¡TERRIBLE!

33

Por más descabellado que pueda sonar, son casos reales comprobados. A continuación hablaremos de uno muy conocido y de mucho impacto:

Caso de Carla Moran

En 1974, el equipo de expertos del laboratorio de parapsicología perteneciente a la Universidad de California recibió una visita inesperada de una mujer llamada Carla Moran, pero a la que aún se sigue conociendo como Doris D. pseudónimo usado para proteger su identidad, y que se puso en contacto con el doctor y director de dicho departamento, Barry E. Taff.

Con evidentes síntomas de angustia, Doris le contó al escéptico investigador que por las noches, en su propio dormitorio, una entidad invisible la violaba. En ocasiones la agresión sexual era tan violenta que en su cuerpo eran visibles magulladuras y varios tipos de heridas, incluso en la zona genital. En un primer momento, el psiquiatra dijo que los «ataques» eran producto de un desorden mental de la mujer; pero en cuanto Doris le mostró las heridas, el dictamen inicial tuvo que ser modificado. Lo que Barry Taff desconocía en ese momento es que existía una larga lista de casos similares desde tiempos inmemoriales.

En la antigüedad estas presuntas agresiones sexuales por parte de entidades invisibles eran atribuidas a los íncubos y súcubos, como ya hemos venido viendo, pero por supuesto, en pleno siglo XX doctores como Barry E. Taff ya no creían en la existencia de íncubos y súcubos, sino que atribuían este tipo de fenómenos a desequilibrios mentales o a las capacidades desconocidas de nuestro cerebro. Sin embargo, el caso de Doris D. ponía en entredicho cualquiera de las dos teorías anteriores.

Las marcas y heridas de su cuerpo difícilmente podían ser explicadas de forma enteramente científica, o al menos teniendo en cuenta los parámetros de la ciencia más ortodoxa. El caso captó la atención del doctor Taff, que decidió entrevistar de un modo más exhaustivo a la mujer, de la que por cierto sólo se sabe que residía en la localidad de Culver y que era viuda. Posteriormente hizo lo propio con sus hijos y vecinos, quienes le confesaron que ellos también habían sido testigos de los fenómenos. Desde ese instante, al supuesto agresor invisible se le conoció por el nombre de «el ente».

Los primeros estudios sobre la personalidad de Doris mostraron que gozaba de estabilidad emocional. En definitiva, que se trataba de una persona perfectamente normal.

Decidido a encontrar una explicación, el doctor Taff se puso en contacto con el hipnólogo Kerry Gaynor para que indagara en el subconsciente de Doris, con la esperanza de rescatar recuerdos que pudieran aportar alguna pista, ya que usualmente es la forma en la que muchos no creyentes trabajan. La hipnosis solo abre más puertas espirituales malignas, y precisamente, esas "sesiones hipnóticas" no aportaron nada en claro. Mientras tanto, las violentas manifestaciones del «ser» seguían produciéndose y la investigación se centró en averiguar cuál era la causa de los arañazos y mordeduras que sufría. Un equipo de médicos, con Taff y Gaynor al frente, decidió instalarse en el domicilio de la mujer.

En aquellos días fueron testigos de la aparición de bolas luminosas, llegando incluso a obtener dos fotografías en las que aparecían reflejadas unas extrañas luces que rodeaban el cuerpo de Doris. Las imágenes dieron la vuelta al mundo, pero algunos investigadores escépticos aseguraron que no se trataba más que de inusuales reflejos en el cristal de la cámara.

Lo preocupante era que Doris no mejoraba, sino que su estado se agravaba con el paso del tiempo. Los médicos temieron que la paciente acabara sumida en un estado irreversible de esquizofrenia. Ninguno de los miembros del equipo se había enfrentado nunca a una historia semejante, pero tras estudiar los escasos precedentes que existían en el mundo de sucesos de este tipo, concluyeron que las agresiones cesarían tarde o temprano.

En un primer momento, los investigadores habían atribuido los fenómenos a algún tipo de problema psíquico relacionado con trastornos del sueño, pues las agresiones siempre se producían mientras Doris dormía. Sin embargo, ante la espectacularidad de los hechos y su impotencia para hallar una solución, los psiquiatras comenzaron a tener en cuenta la posibilidad de la existencia de una entidad sobrenatural que violentaba a la mujer.

Ni psiquiatras ni exorcistas habían ofrecido una respuesta a Doris, que continuaba sufriendo las violaciones. Las consiguientes marcas en su cuerpo, prueba de que había sido agredida sexualmente, provocaron en la mujer tres embarazos psicológicos.

La mujer luego aceptó trasladarse al laboratorio de la Universidad de California. Allí se le construyó una casa de cristal en la que vivió durante un tiempo, continuamente observada por cámaras y los doctores. La sorpresa llegó cuando una noche todos los presentes pudieron presenciar una de las agresiones.

El cuerpo de Doris se retorcía y se movía como si alguien la empujara y la sujetara al mismo tiempo, pero ninguna de las cámaras registró nada extraño a su alrededor. A esta primera agresión le siguieron otras tantas, las cuales también pudieron contemplar los cada vez más asombrados especialistas.

De todos modos, parte de los médicos seguía creyendo que su mente albergaba la clave del caso. Sobre todo a partir de que en una de las sesiones hipnóticas a las que era sometida, revelara que de pequeña había sufrido ***abusos sexuales***, cuyos recuerdos había ocultado en su subconsciente durante años.

Según diversos estudios, los casos conocidos de entes invisibles que atacaban a personas podían explicarse con el mismo razonamiento: abusos sexuales durante la infancia o, al menos, algún tipo de grave desorden de índole sexual o afectiva.

Carla Moran era estable emocionalmente y no padecía desorden psicológico alguno. La sometieron a una hipnosis regresiva en manos del especialista en el campo, Kerry Gaynor y ninguna de las sesiones pudo aportar datos que fueran de importancia para el caso.

Luego de largas investigaciones el equipo de científicos se instaló en la vivienda de Carla Moran para documentar las agresiones.

Durante su estadía fueron testigos de ver un tipo de "bolas de luz" que rodeaban constantemente a la mujer, las cuales salieron plasmadas en varias fotografías.

Fueron testigos de extraños sucesos: Vieron estallidos de luces muy rápidos, tanto que fueron incapaces de fotografiarlos con el equipo con el que contaban por aquél entonces.

También cuando hablaban con el hijo mayor de Carla Moran en la cocina de la casa, una alacena se abrió y de ella salió disparada una cacerola, segundos después la mujer empezó a gritar "¡está en el dormitorio!", ambos investigadores intentaron fotografiar al ente y consiguieron una imagen en la cual se ve el torso de Carla pero su rostro aparece borrado, la foto se tomó cuando ella dijo "está delante de mi cara".

La tercera noche que los investigadores pasaban en la casa, pudieron ser testigos de "una luz" que salió de la pared y se expandió en medio de la habitación hacia todas las direcciones.

Los investigadores relataron que pudieron ver una imagen dimensional que se asemejaba a tres luces redondas, una verde amarillenta y dos blancas.

Carla Moran afirmaba que el atacante era un hombre, o al menos tenía la anatomía de uno y que a veces estaba acompañado de otras criaturas que se encargan de sujetarle las piernas mientras éste la violaba.

Desesperada Carla Moran se trasladó al laboratorio de la Universidad de California donde vivió dentro de una casa de cristal especialmente diseñada para ella, era monitoreada por cámaras de seguridad y tenía vigilancia constante, pero aun así El Ente todavía la violentaba.

La primera noche que fue ultrajada dentro, los que presenciaron el hecho pudieron observar como el cuerpo de la mujer se retorcía, movía y elevaba como si alguien en verdad la tomara sexualmente, pero no podían ver a ese "ser".

A pesar de las pruebas tan obvias, parte de los médicos implicados en el caso seguían creyendo que Carla era presa de sus propios traumas ya que durante la hipnosis salió a la luz el hecho de abusos sexuales de los cuales había sido víctima de niña.

Carla Moran se fue a vivir a Texas, allí volvió a sufrir de nuevo ataques, hasta que dejo de sufrirlos y vivió tranquilamente. Finalmente, Moran murió el 25 julio de 2006 de cáncer.

Las imágenes que puedes ver son reales y fueron "eco" en su época…

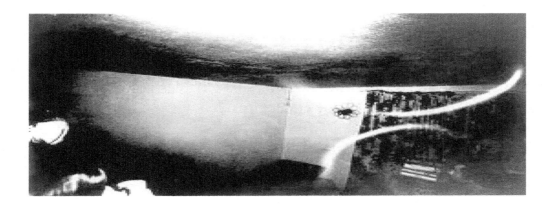

Espíritus de la naturaleza: Elfos, troles y duendes

Los llamados "espíritus de la naturaleza" también conocidos como elfos, aluxes, duendes, gnomos o trolls... tienen raíces mitológicas según sea la cultura europea, asiática o que se trate, pero también pueden llegar a tener otros orígenes espirituales y sobrenaturales, aunque esto sea tan tontamente difícil de creer para mucha gente presa de la ignorancia:

a) Son cargados o hechizados para hacer males, o bien, perturbar. En efecto, no es broma: Se han dado algunos casos en donde hablan, comen, hacen "travesuras", caminan, se mueven solos y cambian de lugar regularmente en la obscuridad (Sí, así es)

b) Son chamanes o brujos que le piden al mismo enemigo permiso para convertirse en esos seres para molestar, esconderse o provocar daño.

c) Son espíritus malignos que adquieren estas formas, y que el Enemigo pone al servicio de brujas, chamanes, hechiceros, santeros, etc. para realizar sus propósitos. Por ello las brujas de la WICCA afirman que se les puede encontrar, como "espíritus de la naturaleza" en los bosques, ríos, cavernas, lagos, etc.

En las caricaturas o comics se les presentan como seres inteligentes, lindos y amigables, por ejemplo: Campanita, los Siete enanos, la Sirenita, los Pitufos, entre otros. PERO REALMENTE NO SON ASÍ.

De acuerdo a mismos institutos de salud mental, los juguetes elfos producen manifestaciones patológicas en los niños y adolescentes. Producen: trastornos del sueño, imágenes irreales, ansiedad alta, terrores nocturnos, ideación persecutoria, distractibilidad, trastornos alimentarios, bajo rendimiento escolar, inseguridad y agresividad.).

Hay hasta varios videos en YouTube en donde se pueden observar niños que narran sus experiencias o testimonios de estos terribles juguetes. Busque en Google la palabra "elfos" y vea lo que encuentra.

Existen igualmente testimonios de personas que me han narrado sus terribles experiencias con estos muñecos.

Lo recomendable es que destruyan esto y lo saquen de sus casas RÁPIDO.

Estos muñecos están rodeados de misterio, (están) sentaditos en una vitrina o sillón, pues así la gente acostumbra a comprarlos en algunos países lo hace, y lo más raro es que sus zapatitos se desgastan cuando ellos ni siquiera caminan, según cuentan algunos niños de acuerdo a sus experiencias, quien al igual que adolescentes, adquirieron uno de éstos "singulares" muñecos.

Algunos distribuidores de estos Elfos en México, país donde los adquieren mucho, han comentado aún en entrevistas cierto tipo de promoción en base a la superstición, que es precisamente una de las cosas que siempre ha usado el maligno para atrapar. Los distribuidores los promocionan como muñecos con "buenas vibras" y te venden el del "amor", el del "dinero", el que supuestamente "protege" a los niños, los que "guían por el buen camino", los que "hace tener voluntad para enfrentar problemas", los que dan felicidad y alegría y etc.

Están realmente creados a base de magia y hechizos, dicen ellos mismos, y según dicen los distribuidores: "Debemos quererlos mucho y surge por *__la necesidad de la gente de creer en algo o alguien por quien vivir"__*.

Dependiendo de la voluntad de la gente que los adquiere, son "mini genios" o supuestos duendes con poderes que andan por los bosques. Los Elfos se fabrican en medidas de 28, 38, 41 y 71 centímetros.

Siempre les atribuyen cualidades mágicas, aunque la vida de estos muñecos depende de lo que quiera creer quien lo compra. La cosa es que muchos sencillamente los adquieren como regalos de conocidos sin saber ni lo que traen, y muchos de ellos son cristianos y allí es el comienzo de la desgracia para el hogar.

¿Qué puede pasar si se convive con un muñeco Elfo?

1. La posibilidad de tener comunicación con entidades espirituales y nada tendrán que ver con Dios.

2. Pueden llegar a creer en la reencarnación. Satanás es padre de mentira, los demonios igual.

3. Creencia en la pluralidad de los mundos habitados.

4. No tener distinción entre lo natural y lo sobrenatural, ni entre religión y ciencia.

5. Poder llegar a pensar que aunque Dios existe, se encuentra demasiado lejos y confiar más en el muñeco.

6. Se puede encontrar más cerca de los "guías" (espíritus que se incorporan en los mediums), que son importantes en el culto espiritista.

7. Se puede llegar a pensar que no hay mejor amigo que el muñeco, incluso hasta darle más importancia que a los amigos reales.

8. Confiar más en el muñeco que en los padres, familiares o amigos.

9. Volverse más reservado y ser antisocial.

10. Creer que deben proteger al muñeco a tal grado que lo defenderían de cualquier agresión, volviéndose agresivos o incluso hasta puede llegarse a realizar actos de magia negra para hacer algún mal a alguien... ¡SI! ha pasado.

Todos estos puntos se basan en casos reales conocidos de muchas personas que han sido víctima de esta trampa espiritual.

Estos Elfos se pueden identificar, entre muchos otros, en las siguientes ilustraciones como ejemplo:

TROLLES

Los muñecos "trol" son un tipo de muñeco de juguete que se puso de moda tras su creación en 1959 por el leñador danés Thomas Dam.

Los originales, también llamados «Dam Dolls», eran de excelente calidad, con pelo de lana de oveja y ojos de cristal.

Su repentina popularidad, junto con un error en el aviso de copyright del producto original de Thomas Dam, hizo que imitaciones y copias de menor calidad inundaran el mercado.

Los muñecos trol se convirtieron en uno de los mayores juguetes de moda en Estados Unidos desde el otoño de 1963 hasta 1965. Con su pelo de colores chillones y sus caras sonrientes, se encontraban en todas las tiendas del país. Aparecieron en 1964 en las revistas Life y Time en ciertos artículos que comentaban la «buena suerte» que traían a sus dueños.

Volvieron a ponerse de moda en breves periodos de los años 1970, 1980 y 1990, con hasta diez fabricantes diferentes.

También conocidos como «Wishniks», «Trols del tesoro», «Norfins» y otros nombres, no fue hasta 2003 cuando una ley del congreso estadounidense permitió a la familia danesa de Dam recuperar sus derechos de autor en aquel país y convertirse de nuevo en el único fabricante oficial.

Mucha gente colecciona los muñecos trol, manteniendo los originales.

Algunos coleccionistas tienen miles de ellos.

Aparecieron prominentemente en la comedia televisiva "The Drew Carey Show", donde se les veía sentados en el escritorio de "Mimi" en todos los episodios.

Un muñeco trol también apareció en la película Toy Story, pero no hablaba ni tenía un papel significativo, debido de nuevo a las dudas que en aquel momento había sobre el estado de dominio público de los muñecos.

Otro ejemplo de muñecos trol son los llamados «Ny Form trols», de látex y realizados a mano en Noruega . Al igual que los «Wishniks», son coleccionados por muchas personas. Su precio puede llegar a sobrepasar los mil dólares.Y finalmente la Famosa Barbie que también tuvo su versión Troll:

De acuerdo con los cuentos clásicos infantiles los Trolls tienen Poderes mágicos y son extremadamente feos: Con grandes ojos y orejas y un pelo extravagante. Sé que puede hasta que estos muñecos hayan sido parte de tu niñez, pero la realidad es que encierra un significado NO bueno y no es recomendable tenerlos.

DUENDES

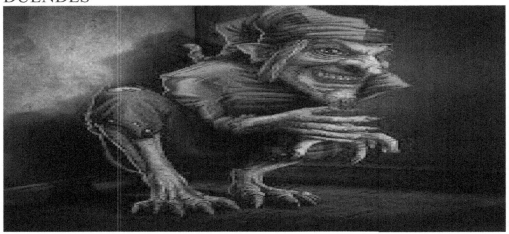

Algunos duendes consortes en brujería o hechicería pagana eran llamados "familiares". Los druidas celtas y hechiceros satánicos los usaban como espías o ayudantes para conjuros. Los druidas, creadores del Halloween, tenían leyendas en donde decían que la "madre tierra" otorgaba estos "ayudantes" a sus druidas más selectos. En el caso de los satanistas, el mismo diablo era quien lo hacía, es por ello que se les atribuía forma de un animal pequeño por ser discretos, ya fuera como gato, hurón, sapo, rata, murciélago, etc.

El reino de los Duendes y de las Hadas se divide en cuatro grupos:

Espíritus de la tierra: Duendes, Gnomos y Trolls

Espíritus del agua: Ninfas y Duendes del Agua.

Espíritus del fuego: Salamandras.

Espíritus del aire: Sílfides.

Muñecos y objetos "malditos": Casos reales

No solamente pudiéramos hablar de los siguientes casos específicos muy conocidos en el mundo, sino también de casos que yo mismo he escuchado de la boca de hermanos que han tenido terribles experiencias. Antes de comenzar a narrar sobre los casos muy conocidos, un caso del cual siempre hablo como ejemplo en mis conferencias relacionadas al tema (uno de muchos), es uno que escuché cuando era tan solo un niño y fue de mucho impacto. Yo obviamente para aquel tiempo ni tan siquiera me imaginaba que iba a predicar y apenas ya estaba teniendo mi formación bíblica, lo cual siempre amé. Fue el caso de una pareja cristiana muy conocida y muy feliz en su tiempo, tenían dos hijos: El varoncito y la niñita, los cuales eran muy obedientes y con mucha educación, tal y cual se les instruía. Tenían para ser niños mucho conocimiento bíblico y amaban mucho a Dios, igual sus padres, en donde para todo Dios era el centro, y esa era precisamente la clave.

Sucedió un día que de la nada planificaron ir a unas vacaciones a Israel por una gran oferta y paquete que les ofrecieron junto a un grupo. El paquete incluyó también Egipto y ellos muy contentos se fueron en aquel tiempo a viajar como familia. En el viaje la pasaron súper bien y compraron todo tipo de artículos judíos como recuerdo del viaje. En eso no había problema porque no era tan solo que fueran "artículos judíos", sino que el significado de todo esto viene de Dios mismo, tal y como sabemos los que tenemos el conocimiento bíblico. El asunto es que después pasaron por Egipto, y compraron todo tipo de enseres de allá sin medida, y aclaro que no se trata de despreciar una cultura por otra, sino ver el significado de las cosas.

Ellos compraron pirámides de porcelana, estatuillas de la diosa pagana Isis, pinturas de dioses paganos mitad animal y todo tipo de enseres de los cuales hasta algunos hermanos en la fe del viaje les advirtieron pero ellos no hicieron caso porque decían que "su casa estaba protegida por Dios y la sangre de Cristo" y que "además eran solo enceres y no representaban nada malo, solo un recuerdo de que estuvieron allí".

Desde que llegaron de ese viaje todo en ese hogar cambió prácticamente de forma radical. Quiero decirle mi hermano que la sangre de Cristo tiene poder y que Dios protege su casa pero Dios no es un "amuleto". Usted le abre la puerta al enemigo, él tendrá poder legal por el más mínimo espacio que tenga abierto de forma voluntaria suya, sea consciente o inconsciente o aunque usted se engañe de que algo "no es malo" y que no quiera ver la realidad. Si aún no se ha dado cuenta, eso es lo que queremos probar en este libro. Hay un principio espiritual claro que

44

Jesús dijo:

"Si un reino está dividido contra sí mismo, tal reino no puede permanecer. Y si una casa está dividida contra sí misma, tal casa no puede permanecer. Y si Satanás se levanta contra sí mismo, y se divide, no puede permanecer, sino que ha llegado su fin" (Marcos 3:24-26)

Dios y el diablo es como el agua y el aceite: NO SE MEZCLAN. Es imposible abrir puertas voluntarias al ocultismo y pretender que "la sangre de Cristo de cubre". La Sangre de Cristo es poderosa, pero hay gente que la hace inefectiva porque esto está sujeto a orden y condiciones y no sé qué pasa que muchos no lo quieren entender o no les entra y las consecuencias son una catástrofe para sus vidas. Esto no es "así y ya" o "así y nada más" ni mucho menos algo "mágico" lo cual no requiere nada y por lo cual no se pague un precio.

Esta pareja del viaje estuvo al punto del divorcio. Se daban unas peleas horribles de platos y enceres volando y de mucha violencia. Los niños comenzaron a decir malas palabras, se peleaban en la escuela por cualquier cosa y ya no querían ni saber de Dios. Pero en un momento de misericordia divina, en medio de la casa, se sintió de pronto un día la presencia del Espíritu Santo. El hombre fue al cuarto en donde su mujer ahora dormía separada de él y le dijo que sentía de parte de Dios orar. Ambos estaban muy tocado por Dios. Definitivamente la mano divina había entrado en escena. Ellos ya ni iban a la iglesia y cuando el Pastor junto a unos hermanos fueron a visitarlos para ver qué pasaba, no le abrieron ni la puerta en ninguna de las ocasiones.

En medio de la sala de la casa, los cuatro se tomaron de las manos y comenzaron a orar. Los mismo niños también estuvieron tocados por Dios y los cuatro estaban hasta llorando con los ojos cerrados poniéndose en comunión con la oración que estaba haciendo el hombre de la casa. Este hombre mientras oraba, sintió como en un destello de Dios de forma insistente en pronunciar unas palabras exactas en su oración.

Fue algo de poder que hasta pareció haber tomado el control de su garganta y de su lengua. Las palabras exactas fueron: ***"Señor, muéstranos cuál es la causa de todo este cambio en nuestro hogar y por qué está sucediendo esto"***. Apenas él lo dijo, todos se asustaron y abrieron sus ojos cuando algo de porcelana de momento estalló en el piso, en el medio del círculo de oración, y los restos chocaron contra los pies de los cuatro. Se dividió en porciones rotas para los pies cada uno que parecía ser exactas en el piso. Era una de las pirámides de porcelana que habían comprado en Egipto y parecían haber estado "dedicadas" a algo.

Increíblemente, esta pirámide de porcelana había estado en un lugar céntrico en una mesa y muy alejada de donde ellos habían hecho el círculo de oración. La pregunta era… ¡¿Cómo eso voló de allá para acá y se destruyó de esa forma?! No solo fue el caso de que no le "cayó en la cabeza" a ninguno de los cuatro ni dañó a nadie, sino la forma como se destruyó, que pareció que alguien literalmente la tomó de la mesa y la tiró contra el piso.

La respuesta fue más que clara. Ellos sacaron cuanta cosa habían comprado de Egipto de estatuillas de dioses, obeliscos, etc., los metieron en una bolsa negra y de la noche a la mañana increíblemente TODO VOLVIÓ A LA NORMALIDAD.

En conferencias tanto locales como internacionales que hemos dado desde ya varios años, una de las ilustraciones e imágenes que mostraba era una muy particular sobre la diosa Isis y era esta:

Esto no lo verás siempre, pero realmente es lo que esa diosa representa. Puedes ver la cabeza de cabra, ella sobre esa cabeza y un cuerno adicional que toca sus partes íntimas y dentro de una estrella de ocho puntas u "octagrama". Esta estrella representa el Ogdoad del antiguo Egipto, y que fueron 8 deidades que los egipcios adoraban.

Durante muchos siglos ha habido historias sobre objetos como muñecas, juguetes, muebles o joyas que estaban "poseídos"; sí, así es, los demonios también pueden poseer muñecos y objetos, no solo a personas. Algunos en su forma de hablar y definir las cosas, dicen que los objetos poseídos tienen la "energía psíquica residual" o la energía de sus antiguos propietarios.

La capacidad del espíritu o influencia maligna que estaba en una persona a unirse a algo que estaba muy cerca en su vida no es del todo imposible. Es algo que siempre sucede y de allí es que vienen las explicaciones de lo inexplicable.

Si una mujer llevaba un anillo determinado durante toda su vida, no es difícil creer que algo de su "energía espiritual" todavía puede estar presente a lo largo de los siglos en la pieza de joyería, o una niña que tenía una muñeca preferida pude ser perfectamente un contenedor de su propia energía. La pregunta es, y para hablar bíblicamente ¿de qué energía espiritual se está hablando y a qué energía espiritual se le abrió la puerta? ¿Qué hacían con esos objetos, quién era la persona y qué creía y qué practicaba él, ella o su familia? ¿Cómo era la persona? ¿A qué le abría la puerta que algo que fue parte de su vida quedó plasmado allí? ¿Y ese "algo" que puede ser?

En algunas creencias populares o más supersticiosas, se dice que los muebles antiguos son condensadores energéticos de generaciones anteriores, siendo la actividad "espiritual" o como le dirían secularmente "paranormal", mayor si el mueble se mantiene dentro de la misma familia.

Un objeto maldito es algo que puede comprenderse de las siguientes formas: o bien como un objeto que simplemente fue influenciado fuertemente de forma nefasta o adversa; o ya, en sentido estricto, como un objeto que atrae un tipo de fuerza maligna y está ligado a una maldición concreta o específica destinada.

Un aspecto muy importante es si el objeto ha sido o no infestado, pudiendo ese "germen" ser ejercido por un ente o demonio. En todo caso, **la intensidad de la fuerza que influencia y que es atraída por el objeto, puede ir desde manifestarse en la simple "mala suerte", hasta manifestarse en la muerte de quien posee el objeto, ocurriendo esto último prácticamente siempre en objetos que han recibido una maldición concreta.**

Existen diversos criterios para clasificar a los objetos "malditos" o con maldiciones. Uno de ellos es el carácter individual o el carácter genérico del objeto: Esto aplica a todos los casos de objetos y muñecos con maldiciones que no se les pareciera ver nada relacionado al ocultismo ni en simbología, pero que encierran maldiciones. Esto pertenecería a una primera clase, mientras que las estatuillas de dioses paganos, satanismo, ocultismo y los muñecos de vudú a la segunda clase. Otro criterio de clasificación, es el de los objetos que sufrieron una maldición por ser usados en magia negra, y el de aquellos que no participaron en forma alguna de magia pero están vinculados a un espíritu maligno.

En el primer caso, de carácter individual, el practicante de magia negra establece deliberadamente una maldición sobre el objeto. Aquí siempre la maldición busca perjudicar a una persona o a un grupo de personas. Generalmente ocurre lo primero, y en tal caso el practicante de magia negra suele buscar un objeto que, a partir de un vínculo con el blanco de la maldición, sea propicio para echar la maldición.

En el caso del muñeco de vudú, y otros casos, el hechicero busca siempre cabellos, restos de uñas, sangre, pelo o algún otro elemento que sirva como lo que ellos llaman "puente energético", tal y como puede ser un anillo (suponiendo que lo consiga) o algún otro objeto que la víctima use con frecuencia. Teóricamente, el o los elementos usados como puente energético entre la representación (muñeco) y lo representado (persona), estarán ligados con la persona, por lo cual, en conjunción con el proceso a seguir (pasos del ritual, visualizaciones), permitirán que lo enviado al muñeco termine llegándole, en mayor o menor medida, a la persona destinataria de la maldición… Ahora bien: ¿de qué forma esto hará que el muñeco de vudú sea un objeto maldito en general y no solo para la persona destinataria de la maldición?

La explicación está en que prácticamente siempre hay espíritus o demonios que ayudan al hechicero en el proceso, y que para tal propósito colocan sus energías en el muñeco, de modo que éste sigue representando un imán de calamidades para quienquiera que lo tenga cerca.

En el segundo caso, el de los objetos que no han participado en magia negra pero están ligados a una entidad espiritual maligna (un mal espíritu o un demonio), vemos que por lo general ese vínculo (entre el objeto y la entidad) se ha producido porque, antes de que existiese, el objeto ya poseía una fuerza con un tipo de influencia negativa, las cuales resultaban atractivas para la entidad maligna. Esto suele darse cuando el objeto ha permanecido mucho tiempo en lugares repletos de impactos espirituales relacionados al reino de las tinieblas, tales como sitios de culto satánico, lugares donde se hacía magia negra, las llamadas entre comillas "casas encantadas", etc. Pero también, aunque el objeto no haya permanecido en ese tipo de lugares, puede terminar siendo infestado por haber estado muy vinculado a alguien que fue poseído o perseguido por demonios o por espíritus malvados.

Sin embargo, las anteriores no son las únicas posibilidades. Podríamos, por ejemplo, imaginar el caso de un asesino en serie que mataba siempre con el mismo cuchillo, dejándolo tan impregnado con la influencia espiritual maligna a la cual abrió la puerta cometiendo esos crímenes, que el mismo cuchillo se vinculó con el asesino al punto de que luego de su muerte, el cuchillo se transforma en un potencial imán de las presencias malignas que iban con el asesino.

No es necesario que la entidad representada por una determinada figura u objeto sea real: basta con que se emplee en actividades de invocación, pues esto funciona como un "imán" para espíritus malos.

Lo escalofriante también que le ha pasado a algunos, y esto va más allá de todo lo que hasta ahora habíamos explicado, es cuando algunas personas, si botan estos objetos, muñecos, etcétera y lo dejan en otro lugar, el objeto les reaparece en la casa misteriosamente.

Si tenía un espíritu maligno o demonio vinculado, es bastante posible que el espíritu no se vaya; si lo queman, o bien no se quema bien y sigue influyendo, o bien su efecto no cesa del todo, al menos por cierto tiempo.

Cuando suceden estas cosas, lo más recomendable es siempre acudir a su iglesia y explicar el problema y que le ayuden. Hay géneros que no salen sino con oración y ayuno (Mateo 17:21)

Le recomiendo que de cultos en su hogar, explique a su Pastor o busque gente de poder y de unción que le ayude y unja su casa y tenga fe y deje la incredulidad de pensar que "el diablo es más poderoso", como a veces lo pintan en las películas.

CASOS CONOCIDOS

El Muñeco Robert (Robert the Doll)

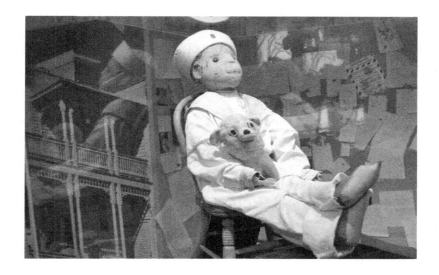

Esta historia verídica cuenta que en el año 1896, Robert Eugene Otto, un pequeño niño que vivía junto a sus padres en una casa de la localidad de Key West, Florida, Estados Unidos, recibió un regalo que le hizo una criada de la servidumbre: un muñeco de tres pies de altura, relleno con paja, cosido con alambre y vestido con un traje blanco de marinero. El niño, a quien sus padres llamaban simplemente "Gene", bautizó de inmediato al muñeco con su propio nombre, Robert. La criada, que se cree que practicaba magia negra, no estaba contenta con la familia de Eugene y puso una maldición sobre el muñeco.

Lo que el pequeño niño y sus padres no sabían era que el personal de la servidumbre, criados de raza negra traídos de la isla de las Bahamas, eran practicantes de vudú y magia negra, cosa habitual en algunas comunidades caribeñas, y que el muñeco no era tan inocente como aparentaba. Como sea que fuere, desde el primer momento el niño se encariñó en demasía con el muñeco. Hablaba con él y procuraba no separarse de él en ningún momento.

Pero los padres de Gene, que pensaban que Robert era una especie de amigo imaginario, comenzaron a preocuparse cuando comenzaron a escuchar a su hijo hablando con alguien más, mientras se encontraba encerrado solo en su habitación, como si alguien más aparte de él se encontrara en su pieza. Al mismo tiempo, los vecinos afirmaban que cuando la familia Otto salía de la casa, veían al muñeco asomándose por las ventanas de la casa, como si el juguete hubiera comenzado a moverse por sí solo. Para empeorar las cosas, el niño comenzó a experimentar atroces pesadillas al tiempo que les contaba a sus padres que Robert había comenzado a moverse por cuenta propia. En una ocasión, mientras el niño dormía, se escuchó un estruendo en su habitación. Cuando sus padres fueron a verlo encontraron la mayoría de los muebles volcados y al muñeco tirado al pie de la cama. Cuando le preguntaron a su hijo por qué había hecho eso, éste les respondió llorando: "No fui yo, fue Robert".

Sospechando que algo extraño pasaba con el muñeco, los padres del niño decidieron sacar el juguete de la pieza del niño y dejarlo tirado en un rincón del ático de la casa. No quisieron botarlo, pues su hijo se había encariñado demasiado con él. Con el paso del tiempo, Robert quedó arrumbado en ese lugar, cubriéndose de polvo.

Años más tarde, muertos los padres de Gene, éste, convertido en un pintor, recibió como herencia la casa donde había pasado su infancia, así que decidió mudarse a su nuevo hogar en compañía de su flamante esposa. Quería aprovechar el amplio espacio de su antigua vivienda para poder pintar sin problemas y, sobre todo, darle un adecuado uso al bello mirador de la casa, una bella torre de madera de tres pisos.

No pasó mucho tiempo cuando Gene descubrió en el ático a Robert, su olvidado compañero de juegos. De inmediato lo rescató del polvo y lo instaló en el mirador. A partir de ese momento, el estrecho vínculo que había entre el y su muñeco volvió a hacerse presente, lo que provocó un clima extraño y ominoso en la casa.

A contar de ese momento se reanudaron los reportes de sucesos sobrenaturales protagonizados por el muñeco. La esposa de Gene afirmaba, espantada, que la expresión del rostro del muñeco cambiaba a veces, como si de repente hubiera comenzado a experimentar emociones. Algunos vecinos, por su parte, comentaban que habían visto a Robert desplazarse por la casa y los niños de las escuelas cercanas evitaban pasar frente a la casa de los Otto, pues afirmaban que Robert se agazapaba detrás de las ventanas del mirador mientras los espiaba. Gene y su esposa, de hecho, dejaron de recibir visitas porque ya nadie quería visitarlos por temor a toparse con el escalofriante muñeco.

Cansado de Robert y sus "travesuras", Gene decidió devolver a su viejo amigo de la infancia al ático, aunque la gente que visitaba al matrimonio afirmaba que, a veces, se escuchaban pasos en los cuartos del piso de arriba e incluso algunas inexplicables risas que se escuchaban en ciertas partes de la residencia.

Gene Otto murió en 1972 y su esposa vendió rápidamente la casa. Robert quedó olvidado de nuevo en el ático hasta que una nueva familia se instaló en la casa y Robert fue descubierto por la hija de aquella familia. La pequeña, una niña de 10 años, se emocionó mucho cuando lo encontró e inmediatamente lo bajó a su habitación junto con sus demás muñecos. Sin embargo, al parecer, la niña no pareció simpatizarle a Robert, que parecía extrañar a su antiguo dueño. La niña comenzó a gritar de terror por las noches, alegando a sus padres que el muñeco, que había sido puesto sobre su cama junto a unas muñecas, trataba de matarla.

El muñeco Robert (o "Robert, the doll", según su traducción al inglés), finalmente fue sacado de la casa de la familia Otto y trasladado al Martello Gallery-Key West Art and Historical Museum, lugar donde se encuentra en la actualidad. Todavía abraza su león de peluche y viste su traje blanco de marinero, pero sigue dando que hablar. Algunos trabajadores del museo afirman que en el mes de octubre el muñeco se vuelve más "activo", y por las noches se pueden oír golpeteos contra el vidrio de la recámara transparente donde se encuentra. Y no sólo eso, pues a veces el muñeco aparece levemente recargado sobre la vitrina de exhibición, como si se hubiera movido por sí mismo.

Lo más curioso, en todo caso, es que se comenta que al fotografiarlo o grabarlo en video, las cámaras dejan de funcionar o bien las fotos aparecen borrosas o defectuosas. Los encargados del museo y la misma leyenda que rodea al muñeco Robert afirma que los visitantes deben pedirle permiso si quieren sacarle una foto, pues de lo contrario una posible maldición podría recaer sobre éstos. Se comenta, de hecho, que la gran cantidad de cartas y fotografías que pueden verse pegadas en las paredes del cuarto donde se encuentra Robert son solicitudes de gente que lo fotografió sin permiso y que le ruegan que les levante la maldición que parece haber caído sobre ellos.

Estos extraños sucesos inspiraron la película "Chucky", la famosa película que trata precisamente de las macabras "travesuras" cometidas por un muñeco diabólico que es regalado a un inocente niño.

EL AUTO MALDITO DE JAMES DEAN

El actor norteamericano James Dean murió en un trágico accidente automovilístico en septiembre de 1955. Después, cuando los restos del automóvil fueron llevados a un garaje, el motor se desprendió y cayó sobre un mecánico, rompiéndole ambas piernas.

El motor fue comprado luego por un médico, que lo colocó en un auto de carreras y murió poco después.

En la misma carrera murió otro conductor que había instalado la "palanca" de cambios del auto de Dean. Después, el automóvil del actor fue reconstruido..., y el garaje se incendió.

Fue exhibido en Sacramento y cayó del pedestal, rompiendo la cadera a un adolescente.

Más tarde, en Oregon, el camión que transportaba el carro patinó y se estrelló contra la fachada de una tienda.

Finalmente, en 1959, se partió en 11 pedazos mientras estaba apoyado en una sólida base de acero.

La Verdadera historia de Annabelle

La historia de Annabelle se remonta a 1970, cuando una mujer compró la muñeca y la entregó como regalo de cumpleaños a su hija Donna, quien estudiaba para ser enfermera y vivía con otra de sus compañeras de clase, Angie.

La muñeca formó parte de la decoración de su habitación, hasta que comenzaron a notar cosas extrañas: se movía por sí misma.

En un principio era difícil notar que la muñeca se había movido, pero luego se volvió evidente. Por ejemplo, ambas dejaban la muñeca en una esquina y cuando volvían a la habitación la encontraban sobre la cama con las piernas y los brazos cruzados.

Otras veces dejaban la muñeca en una de las habitaciones y cuando regresaban la encontraban en la cocina o de pie recargada contra la pared en alguna otra parte de la casa.

Además, Donna y Angie comenzaron a encontrar notas escritas donde alguien pedía ayuda. Aunque ambas intentaban encontrar una explicación racional a lo que ocurría, los sucesos extraños continuaron.

Un día, ambas notaron que la muñeca se había movido, pero notaron también algo más extraño y aterrador: tenía manchas de sangre en la espalda, en sus manos y en el pecho. Fue en ese momento que decidieron contactar a una médium, para que les ayudara a entender qué ocurría.

Una médium es una clarividente que es considerada con cierto tipo de facultades mentales para hablar con "espíritus". Claramente esto es lo menos que alguien deba de hacer para busca algún tipo de "ayuda" referente a esto y a lo que sea. Sería como combatir "diablo contra diablo" o buscar al diablo para que te resuelva el mismo problema que él causa o te dé una solución. Solo empeorará las cosas y así mismo pasaría.

La médium les dijo que la muñeca estaba poseída por el espíritu de Annabelle Higgins, una pequeña que había sido encontrada muerta a los siete años en la propiedad antes de que los apartamentos fueran construidos. La cuestión bíblica es que los seres humanos cuando mueren no son "espíritu". El Espíritu vuelve a Dios que lo creó cuando la persona muere porque es lo que da vida al ser dentro del cuerpo, el cual luego vuelve al polvo, y el alma va a la salvación o condenación dependiendo la persona.

"Y el polvo vuelva a la tierra, como era, y el espíritu vuelva a Dios que los dio" (Eclesiastés 12:7)

"Porque ¿qué aprovechará al hombre, si ganare todo el mundo, y perdiere su alma? ¿O qué recompensa dará el hombre por su alma?" (Mateo 16:26)

Por medio de la médium la muñeca pidió a Donna y Angie que la adoptaran y que la quisieran, pero pronto se dieron cuenta que esto fue sólo un engaño de que era "el espíritu de una niña" y se dieron cuenta que dentro de la muñeca había un espíritu maligno.

Uno de los amigos de ambas, Lou, les había pedido que se deshicieran de la muñeca. Una noche el joven despertó de una pesadilla y se dio cuenta que no se podía mover. Cuando vio alrededor notó que Annabelle estaba cerca de sus pies. La muñeca entonces comenzó a subir por su cuerpo e intentó ahorcarlo.

Sin aire, Lou terminó desmayándose. Cuando despertó al día siguiente él sabía que no había sido un sueño, por lo que decidió deshacerse de la muñeca él mismo.

Pero el joven entonces sufrió otra experiencia aún más terrible cuando se encontraba en compañía de Angie, revisando unos mapas, previo a un viaje que realizarían. Ambos comenzaron a escuchar ruidos desde la habitación de Donna.

Cuando Lou entró, no notó nada extraño, salvo a Annabelle es una esquina de la habitación. Cuando se acercó a la muñeca, sintió que alguien estaba detrás de él. Lou volteó pero no vio a nadie.

De pronto, sintió que algo lo estaba atacando y en su pecho notó que algo le hacía tres marcas verticales y luego cuatro horizontales, formando la marca de la bestia, además de que comenzó a sangrar.

Actualmente la muñeca se encuentra en el Museo del Horror de los Warren, donde tienen toda clase de objetos presuntamente poseídos, llenos de influencia maligna o que fueron usados en exorcismos o rituales satánicos.

Esta muñeca se encuentra encerrada en una urna de cristal, junto a un letrero de advertencia para que los visitantes no se acerquen demasiado.

LA CAJA DEL DYBBUK

Existe una caja que alberga a un Dybbuk (un demonio, según la tradición Judía) Esta caja que les comentamos fue puesta a la venta en eBay con una aterradora historia detras de ella.

La historia se inicia en Septiembre de 2001, cuando un coleccionista de objetos antiguos la compró en una subasta que hizo el estado de Oregon. Esta caja pertenecía a una señora de 103 años la cual era judía y había podido salir con vida de un campo de concentración Nazi en Alemania. Cuando llego como inmigrante de Alemania ella sólo traía esa caja.

Él la llevo a su tienda de antigüedades, pero jamás imaginó que comenzaran a existir cosas realmente extrañas, entre ellas que la luz se apagaba y encendía, ruidos en el sótano y un terrible olor a orina de gato. Al no creer que tuviera que ver con la caja, siguió conservandola pero el problema fue cuando comenzó a tener sueños aterradores durante todas las noches, para después descubrir que toda su familia, la cual había estado cerca de esa caja había tenido los mismos sueños que él.

Fue en ese momento cuando a pesar de creer imposible lo que sucedía, la puso a la venta en el portal de eBay.com, narrando toda la historia. El comprador fue Jason Haxton, quien trabaja en un museo de Missouri, después escribió un libro detallando todo lo que sucedía con esa caja, tal fue el éxito que incluso se hizo una película llamada La Posesión (The Possession).

El muñeco Harold

Sobre los principios de este muñeco se sabe muy poco. Pocos son los relatos que hay escritos y pocas las personas que han contado las experiencias acerca de este muñeco. Sin embargo han sido bien aterradoras. Esta historia al parecer comienza con un joven cineasta al que un muñeco en eBay le llama la atención y despierta en él una posibilidad de hacer una buena película de terror; el muñeco era ideal para la inspiración que este necesitaba.

Este caso allá por el 2003 fue uno de los más comentados en todos Estados Unidos llegando a otras partes del mundo en gran medida en algunos foros relacionados con estos temas. Cuando este cineasta pudo ver el anuncio de este muñeco relataba que el muñeco puesto a la venta estaba encantado y que no podía soportar su presencia.

Unos de los que serían propietarios de este muñeco, un tal Greg, intentó vender este muñeco para poder sacárselo de encima cuanto antes.

Al final el muñeco no lo pudo vender la primera vez que lo puso a la venta y Harold se volvió a casa con él, por desgracia para Greg. Meses después, Greg consiguió vender por fin este muñeco, el cual cayó en las manos de una de sus amigas; Kathy, la cual pudo afirmar que en cuanto este terrible muñeco que pensaba vender y sacar mucho dinero con su venta, nada más llegar a su residencia, comenzaron a pasar cosas de lo más extrañas.

Los comienzos del aterrador Harold

Meses después de que Kathy lo tuviera en su casa, esta comenzó a escuchar ruidos extraños que no sabía de dónde provenía. **Voces y susurros por las noches.** Pasos que parecían venir de donde estaba el muñeco. La joven con más dudas que miedo, intentó ver si ver realmente Harold quien hacía estos ruidos, pero todo fue en vano.

Siguió pasando el tiempo y estos fenómenos comenzaban a aumentar considerablemente. La chica ya no sabía qué hacer y dudaba si venderlo o no. Pero quería demostrar que en realidad el muñeco no estaba poseído y que todo era una gran mentira. Kathy, decide a pesar de que en su casa están pasando cosas extrañas, decide quedarse con Harold un año.

Cuando ya la joven poseía a este muñeco, volvió a poner en eBay a este muñeco pero sin un precio de venta. Tan sólo lo hizo para poder informar a la gente de que en realidad no estaba encantado.

La maldad envuelve a este muñeco

Stephen:

Poco después Kathy empezó a hablar con la comunidad de eBay afirmando que desde que lo guardó en su sótano no le ocurrió nada más extraño. Es por ese motivo que Kathy decide dejarle este muñeco a uno de sus mejores amigos. Stephen, según el testimonio de la propia amiga, era un chico atlético, le gustaba ir a correr, hacer ejercicio, ir al monte, comía sano, no tenía ningún tipo de problema con su salud.

Es decir, se trataba de una persona muy sana. Tiempo después de haber tenido el muñeco en casa de Stephen, este comenzó a poner cada día peor. No salía, dejaba todo para última hora y al cabo de los meses, comenzó a enfermar. Los padres lo llevaron al Hospital y una vez allí le diagnosticaron cáncer de pulmón.

Ronnie:

Otro de los amigos de Kathy, también fue tocado por la mala suerte de este muñeco. La joven cuanta que cuando uno de sus amigos se iba a ir de viaje, le pidió ver al muñeco antes de su partida, para poder ver a este muñeco con sus propios ojos. Kathy cedió a darle el muñeco, ya que no había ocurrido más nada desde el último incidente.

Al tiempo de estar Ronnie en Ámsterdam, calló por un tramo de escaleras y falleció en el acto.

En la actualidad

Hoy en día este muñeco está en las manos de unos profesionales que mantienen a raya la maldad de este muñeco.

Este aterrador "juguete" es el que más muertes ha causado, familias ha roto y el que alberga una gran cantidad de energía negativa en su interior.

Psíquicos que se han prestado a comprobar si este muñeco realmente tiene algo en su interior, han salido mal parados al poco tiempo de descubrir que realmente este muñeco, o más bien su espíritu, les iba a visitar por las noches.

Aparentemente, quien fuera el dueño segundo se este muñeco, trató de quemarlo por consejo de un sacerdote católico y el muñeco no se quemó.

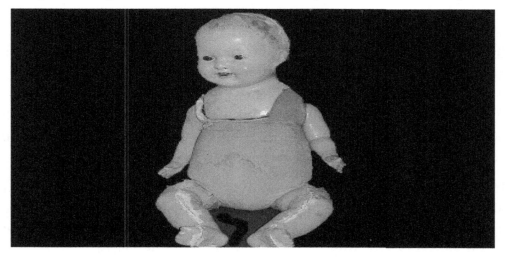

La nigromancia o necromancia

La nigromancia o necromancia es una rama de la magia (negra) que se basa en el uso de los muertos, ya sea con sus cadáveres o por la invocación de sus espíritus, para la adivinación y la obtención de conocimientos ocultos. En ocasiones se requiere el contacto directo con sus cadáveres y/o posesiones. La nigromancia es una práctica antigua común a la tradición mística o sobrenatural de varias culturas, entre ellas la egipcia, mesopotámica, persa, etc. Se ejercita aún en la actualidad, en donde se busca responder preguntas mediante la intervención de un espíritu. La palabra nigromancia se usa también en un sentido más general para referirse directamente a la magia negra y la brujería.

Nigromancia es una adaptación del término "necromantia" del latín tardío, tomada a su vez de "nekromanteía", palabra procedente de la era postclásica griega y compuesta de los términos griegos "nekrós" (νεκρός), cuerpo muerto, y "manteía" (μαντεία), profecía/adivinación.

Muy probablemente la nigromancia evolucionó a partir del chamanismo primitivo, en el cual se invoca a los espíritus de los antepasados. Los nigromantes clásicos dirigían a los muertos con una mezcla de "chirridos, tonos altos y bajos zumbidos", de una manera similar a los murmullos en estado de trance de los chamanes. La nigromancia fue muy frecuente en diversas civilizaciones de la Antigüedad y se tienen registros de sus prácticas en Babilonia, Egipto, Grecia y Roma.

El relato literario más antiguo sobre la nigromancia se encuentra en la Odisea de Homero. Bajo la dirección de Circe, una poderosa hechicera, Odiseo viaja al inframundo (katabasis) con el fin de obtener una visión acerca de su viaje de regreso inminente al elevar los espíritus de los muertos a través de la utilización de hechizos que Circe le ha enseñado. Odiseo desea invocar e interrogar en particular a la sombra de Tiresias, sin embargo, no es capaz de convocar el espíritu del vidente sin la ayuda de otros. Los pasajes de la Odisea contienen muchas referencias descriptivas a rituales nigrománticos: Dichos ritos deben ser realizados en torno a un pozo de fuego durante horas nocturnas, además, Odiseo tiene que seguir una receta específica, la cual incluye la sangre de los animales sacrificados para confeccionar así una libación a los fantasmas para beber mientras recita unas oraciones, tanto para los fantasmas como para los dioses del Inframundo.

Este tipo de prácticas, que van desde lo mundano hasta lo grotesco, se asocian comúnmente con la nigromancia. Los rituales pueden ser muy elaborados, con la participación círculos mágicos, varitas, talismanes y conjuros. El nigromante también puede rodearse de los aspectos morbosos de la muerte, que a menudo incluye el uso de ropa de la persona fallecida y el consumo de alimentos que simbolizan la falta de vida y la decadencia como el pan negro sin levadura y el jugo de uva sin fermentar. Algunos nigromantes incluso van mucho más lejos y toman parte en la mutilación y el consumo de cadáveres. Estas ceremonias pueden alargarse durante horas, días o incluso semanas, lo que lleva a la supuesta invocación final de los espíritus. En las prácticas nigrománticas se realizan con frecuencia en lugares de enterramiento o de "melancolía", adaptados a las pautas específicas de cada nigromante. Además, estos practicantes "prefieren" invocar a los muertos recientes en base a la premisa de que sus revelaciones y adivinaciones son pronunciadas con más claridad. Este plazo se limita generalmente a los doce meses siguientes a la muerte del cuerpo físico, una vez transcurrido este período, los nigromantes pueden (supuestamente) invocar al espíritu de un fallecido en el mismo lugar en donde murió.

El libro de Deuteronomio (18:9-12) advierte expresamente a los israelitas contra la participación en la práctica cananea de adivinación de los muertos:

- *"Cuando entres a la tierra que Jehová tu Dios te da, no aprenderás a hacer según las abominaciones de aquellas naciones. No sea hallado en ti quien haga pasar a su hijo o a su hija por el fuego, ni quien practique adivinación, ni agorero, ni sortílego, ni hechicero, ni encantador, ni adivino, ni mago, ni quien consulte a los muertos. Porque es abominación para con Jehová cualquiera que hace estas cosas, y por estas abominaciones Jehová tu Dios echa estas naciones de delante de ti".*

Aunque la Ley Mosaica prescribe la pena de muerte a los practicantes de la nigromancia (Levítico 20:27), esta advertencia no siempre fue atendida. Uno de los ejemplos más destacados es cuando el Rey Saúl necesitaba a la Bruja de Endor para invocar la sombra de Samuel, juez y Profeta del Sheol, mediante un pozo para conjuración y rituales (1 Samuel 28:3-25).

Endor es mencionado en la Biblia como perteneciente a la tribu de Manasés (Josué 17:11) y el lugar donde muere Sísara, enemigo de Israel derrotado por Débora (Salmos 83:10). Después de la muerte del Profeta Samuel, el Rey Saúl se disfraza y va a Endor para ver a una médium y entrar en contacto con su espíritu. En la profecía le es revelado que su ejército será vencido y que él y sus hijos morirán en batalla en Guilboa (Samuel 28:3-19). Aún hoy, el valle inmediato a la colina donde se hallaba el poblado bíblico se llama Kosemet, "bruja" en hebreo.

PERO PARA ABUNDAR MÁS AQUÍ:

Según 1 Samuel 28:14, La pregunta es ¿habló Saúl con Samuel?

Una encomienda a Saúl

Dios, mediante el profeta Samuel, le dio instrucciones explícitas a Saúl de que destruyera a Amalec por haberse opuesto en el camino a Egipto.

Pero ¿Qué hizo el rey Saúl? ¿Siguió las instrucciones de Dios?

La Biblia dice que Saúl y el pueblo perdonaron á Agag, y á lo mejor de las ovejas, y al ganado mayor, á los gruesos y á los carneros, y á todo lo bueno: que no lo quisieron destruir: mas todo lo que era vil y flaco destruyeron.

Y fué palabra de Jehová á Samuel, diciendo que le pesaba haber puesto por rey á Saúl, porque se había vuelto de en pos de Dios, y no ha cumplió la orden. Y apesadumbrado clamó Samuel á Jehová toda aquella noche.

Saúl desobedeció a Dios. Perdonó el rey de los amalecitas y al mejor ganado en directa oposición a la orden de Dios. Ahora, cuando Samuel y Saúl se encuentran, Saúl le dice a Samuel:

Vino pues Samuel á Saúl, y Saúl le dijo: Bendito seas tú de Jehová; yo he cumplido la palabra de Jehová.

¡Saúl tuvo la osadía de decirle a Samuel que él había hecho exactamente lo ordenado por Dios! Pero Samuel sabía más que eso, así que Samuel le preguntó:

¿Pues qué balido de ganados y bramido de bueyes es este que yo oigo con mis oídos?

¿Por qué pues no has oído la voz de Jehová, sino que vuelto al despojo, has hecho lo malo en los ojos de Jehová?

Saúl, con su pecado al descubierto, pretende culpar al pueblo:

Y Saúl respondió á Samuel: Antes he oído la voz de Jehová, y fui a la jornada que Jehová me envió, y he traído á Agag rey de Amalec, y he destruido a los Amalecitas:

Mas el pueblo tomó del despojo ovejas y vacas, las primicias del anatema,

62

para sacrificarlas a Jehová tu Dios en Gilgal.

TODO USTED LO PUEDE LEER EN 1SAMUEL 15.

El precio de la desobediencia

Vea como Samuel caracteriza la desobediencia de Saúl:

Y Samuel dijo: ¿Tiene Jehová tanto contentamiento con los holocaustos como en obedecer á las palabras de Jehová? Ciertamente el obedecer es mejor que los sacrificios; y el prestar atención que el sebo de los carneros:

Porque como pecado de adivinación es la rebelión, y como ídolos é idolatría la obstinación. Por cuanto tú desechaste la palabra de Jehová, él también te ha desechado para que no seas rey.

Saúl pecó de tal manera que Dios decido destituirlo como rey de Israel:

Entonces Saúl dijo a Samuel: Yo he pecado; que he quebrantado el dicho de Jehová y tus palabras, porque temí al pueblo, consentí á la voz de ellos. Perdona pues ahora mi pecado,

Y vuelve conmigo para que adore á Jehová.

Y Samuel respondió a Saúl: No volveré contigo; porque desechaste la palabra de Jehová, y Jehová te ha desechado para que no seas rey sobre Israel.

Y volviéndose Samuel para irse, él echó mano de la orla de su capa, y la desgarró

Entonces Samuel le dijo: Jehová ha desgarrado hoy de ti el reino de Israel, y lo ha dado á tu prójimo mejor que tú.

Después de matar a Agag, Samuel se apartó de Saúl, y nunca regresó a él.

Dice la Biblia que nunca despés vio Samuel á Saúl en toda su vida: y Samuel lloraba á Saúl: más a Jehová le pesó el haberlo puesto por rey sobre Israel.

De hecho, el Espíritu de Dios se apartó de Saúl por completo. Dios ya no le hablaba a Saúl:

1 Samuel 16:14 dice que el espíritu de Jehová se apartó de Saúl, y que le atormentaba un espíritu malo de parte de Jehová.

Luego, más tarde, el anciano Samuel murió.

1 Samuel 25:1 nos habla de que murió Samuel, y se juntó todo Israel, y lo lloraron, y lo sepultaron en su casa en Ramá. Y David, y se fue al desierto de

Parán.

Así que, ahora ante un ejército filisteo enemigo, Saúl ya no puede oír a Dios o sus profetas:

Pero ¿A quién Saúl le pide consejo? ¿A quién buscar para consultar lo que debe hacer?

A consultar con una médium

La desesperación de Saúl es tal que solicita a sus sirvientes que le encuentren un médium para que le asista en esta disyuntiva. Pero, ¡encontrar un médium en Israel no era fácil en esos momentos!, debido al mismo rey Saúl, quien hacía había expulsado y matado de la tierra de Israel a todos los de esa clase.

1Samuel 28:7 dice que Entonces Saúl dijo á sus criados: Buscadme una mujer que tenga espíritu de adivinación, para que yo vaya á ella, y por medio de ella pregunte. Y sus criados le respondieron: He aquí hay una mujer en Endor que tiene espíritu de adivinación.

Endor es mencionado en la Biblia como en el norte de Israel y perteneciente a la tribu de Manasés (Josué 17:11). Saúl iba a consultar con una médium o "nigromanciana", o sea, persona que consulta a los muertos. Dios en las Escrituras condenó severamente lo que Saúl iba a hacer:

Levítico 20:6 En cuanto a la persona que vaya a los médium o a los espiritistas, para prostituirse en pos de ellos, también pondré mi rostro contra esa persona y la cortaré de entre su pueblo.

Levítico 20:27 Y el hombre o la mujer en quienes hubiere espíritu pitónico o de adivinación, han de ser muertos: los apedrearán con piedras; su sangre sobre ellos.

Deuteronomio 18:10 No sea hallado en ti quien haga pasar su hijo ó su hija por el fuego, ni practicante de adivinaciones, ni agorero, ni sortílego, ni hechicero,

Deuteronomio 18:11 Ni fraguador de encantamientos, ni quien pregunte a pitón, ni mágico, ni quien pregunte a los muertos.

Deuteronomio 18:12 Porque es abominación á Jehová cualquiera que hace estas cosas, y por estas abominaciones Jehová tu Dios las echó de delante de ti.

Deuteronomio 18:13 Perfecto serás con Jehová tu Dios.

Deuteronomio18:14 Porque estas gentes que has de heredar, á agoreros y hechiceros oían: más tú, no así te ha dado Jehová tu Dios.

A pesar de saber que estas prácticas eran abominables a Dios, Saúl fue a ver a la médium.

Samuel 28: 8 al 11

Dice que Saúl se disfrazó y se puso otros vestidos, y fue con dos hombres, y vinieron a aquella mujer de noche; y él dijo: Yo te ruego que me adivines por el espíritu de pythón o adivinación, y me hagas subir a quien yo te dijere.

Y la mujer le dijo: He aquí tú sabes lo que Saúl ha hecho, cómo ha separado de la tierra los pythones y los adivinos: ¿por qué pues pones tropiezo á mi vida, para hacerme matar?

Entonces Saúl le juró por Jehová, diciendo: Vive Jehová, que ningún mal te vendrá por esto.

La mujer entonces dijo: ¿A quién te haré venir? Y él respondió: Hazme venir a Samuel.

Ahora, considere lo siguiente, ¿la médium haría descender el espíritu de Samuel desde el cielo? No. Saúl sabía el estado de los muertos. Desde Moisés hasta Samuel se educó al pueblo de Israel es estos asuntos para evitarlos y sabía que Samuel estaba en la tumba. Por lo tanto, Saúl le estaba pidiendo a la médium que llamara a Samuel desde la tumba.

Dios ya no quería hablar con Saúl, y los profetas de Dios no hablaban con Saúl (1 Samuel 28:6). ¿Hemos de creer que una médium, contra la voluntad de Dios, iba a traer a Samuel de su tumba? Nadie en la tierra o en los cielos puede hacer tal cosa.

La médium de Endor era conocida por tener un espíritu Guía. Es decir, un demonio capaz de hacerse pasar por Samuel. NO se fue Samuel quien apareció, era un demonio disfrazado de Samuel. La primera cosa que el demonio hizo fue identificar a Saúl ante la hechicera.

Saúl indica que sabe que Dios se niega a comunicarse con él, sin embargo, ¿Saúl esperaba obtener consejos de un profeta muerto a través de un espíritu inmundo? El espíritu inmundo le anticipa a Saúl la derrota de Israel y de su inminente muerte, junto con sus hijos

¿Cómo supo el espíritu inmundo que Saúl iba morir con sus hijos al día siguiente?

65

La Palabra no lo revela; sólo podemos especular sin poder concluir. Pero la Palabra si revela que el espíritu inmundo estaba mintiendo y jugando con Saúl para asustarlo. El espíritu inmundo le dijo a Saúl:

"y mañana seréis conmigo, tú y tus hijos: y aun el campo de Israel entregará Jehová en manos de los Filisteos (1samuel 28:19)

"Saúl cometió suicidio en el campo de batalla al día siguiente. ¿Dónde podía "morar" Samuel si el malvado Saúl y el justo Jonatán debían ir al mismo sitio a acompañarlo?

ES ILÓGICO. JONATHAN ERA JUSTO Y SAMUEL TAMBIEN. SAUL SE SUICIDO. EL SITIO A DONDE FUERON A MORAR FUE DEFINITIVAMENTE DIFERENTE.

LA EDAD MEDIA

En la Alta Edad Media muchos escritores medievales creían que la resurrección era imposible sin la ayuda del Dios cristiano. Ellos interpretaron la práctica de la adivinación como conjuración de demonios que tomaban la apariencia de los espíritus. La práctica se conoce explícitamente como magia demoníaca.

Los practicantes de la nigromancia eran a menudo miembros del clero católico, salvo excepciones. Estaban unidos por la creencia en la manipulación de los seres espirituales, sobre todo los demonios, y las prácticas mágicas. Estos "profesionales" estaban casi siempre alfabetizados y bien educados. La mayoría poseían conocimientos básicos de exorcismo y tenían acceso a los textos de la astrología y demonología de la época. Todo ello permitió que algunos clérigos aspirasen a combinar los ritos cristianos con prácticas ocultas a pesar de su clara condena por la doctrina cristiana.

Los iniciados y practicantes medievales en la nigromancia aspiraban a conseguir tres cosas: Manipulación de la voluntad, ilusión y conocimiento. Los demonios eran llamados para producir diversas afecciones a los demás, para volverlos locos, para inflamar a amar o el odio, para ganar su favor, o para restringir a hacer (o no) alguna acción (manipulación). Todo lo que conllevaba a reanimar a los muertos, conjurar comida o diversión entraba dentro del campo de la ilusión. El conocimiento sin embargo se conseguía a partir de los demonios, los cuales proporcionaban información sobre diversos aspectos: Revelar el futuro, identificación de delincuentes, búsqueda de objetos valiosos, etc.

El acto de realizar la nigromancia medieval normalmente involucraba la utilización de círculos mágicos y conjuros.

Esto Actualmente se sigue practicando, especialmente en una de sus variantes más populares, la *ouija* o tablero con las letras del alfabeto en torno al cual se reúnen varias personas con la intención de comunicarse con los espíritus que no son otra cosa que demonios. Entre esto está el juego de la copa, que es la versión "casera" de la ouija.

El ***"juego de la copa"***, tal como lo conocemos actualmente, consiste en una práctica que incluye una copa y un tablero inscripto con números, las letras del alfabeto y las palabras "SI" y "NO". Por lo general lo juegan varias personas que ubican sus respectivos dedos índices sobre la base de la copa invertida que descansa sobre una superficie lisa. Los participantes invocan la presencia de un supuesto espíritu que será consultado y que, en respuesta, se manifestará a través del movimiento de la copa que se desplazará sobre las correspondientes letras hasta formar palabras

Desde el punto de vista histórico, la incorporación de la copa es totalmente incierta y se supone que fue una manera práctica y económica de suplir las primeras planchetas y tableros del siglo XIX que, con igual objetivo, terminaron en lo que se popularizó como **OUIJA**

El auge que cobró el espiritismo en EE.UU. a partir de 1848 tras el gran fraude de las hermanas Fox, rápidamente se extendió a Europa y estimuló el entusiasmo e interés de la gente en ponerse en contacto con el *Más Allá*. Se inició una etapa en la que prevaleció "el fin justifica los medios" y, de esta manera, a la proliferación de *médiums* con 'dones especiales' se sumó una diversidad de aparatos para facilitar la comunicación con los espíritus. Mesas giratorias, espírituscopios, fisio-psicófonos, telégrafos espirituales, psicógrafos y todo tipo de planchetas daban rienda suelta a la imaginación de fabricantes y comerciantes para facilitar la amplia demanda.

El transcurso del tiempo puso orden al gran negocio y, el 28 de mayo de 1890 con una clara y estricta visión comercial, **Elijah J. Bond** presentó en EE.UU. la primera patente -como "juguete" o "juego" - de una 'tabla parlante' con el nombre de Ouija. Se le concede el 10 de febrero de 1891, reconociendo a Bond como el inventor y **Charles W. Kennard** y **William H. A. Maupin** como cesionarios.

De ahí en más el registro de instrumentos similares no cesó pero el objetivo siempre fue el mismo: invocar los espíritus y que estos se manifiesten transmitiendo un mensaje.

Los signos de los horóscopos (Astrología)

La astrología proviene de dos vocablos griegos: astro y logía; lo cual, según creen sus partidarios, es el estudio de la influencia de los astros en el destino y el comportamiento de los hombres. Se le conoce también como "uranoscopía". Es una práctica muy antigua. Nimrod y Semiramis lo practicaron en Babilonia. Cuando Europa todavía se encontraba deshabitada e inculta, los sumerios y caldeos ya se hallaban buscando la respuesta de sus anhelos en los cielos. Usted puede leer en la Biblia y notar los astrólogos de la corte de Nabucodonosor (Daniel 2:2). Los astrólogos sostienen que la posición de los astros en el momento exacto del nacimiento de una persona, y sus movimientos posteriores, reflejan el carácter de esa persona y su destino. Realizan además, cartas astrales llamadas también horóscopos que sitúan la posición de los astros en un momento dado, como el nacimiento de una persona, por ejemplo, y a partir de ella dan sus conclusiones sobre el futuro de ese individuo. En una carta astral se sitúa lo que se llama "eclíptica", trayectoria anual aparente del sol a través del cielo, con doce secciones que reciben el nombre de "signos del zodíaco", los cuales son: Aries, Tauro, Géminis, Cáncer, Leo, Virgo, Libra, Escorpión, Sagitario, Capricornio, Acuario y Piscis. A Cada planeta (incluyendo el sol y la luna) se le da un signo particular dependiendo del lugar de la eclíptica en que aparece dicho planeta y del momento en el que se hace el horóscopo. Cada planeta representa tendencias básicas humanas y cada signo un conjunto de características humanas. Cuando los astrólogos mencionan o nombran a una persona por un signo determinado, se está refiriendo al signo solar de esa persona; esto es, al signo que el sol ocupaba en el momento de su nacimiento. No podemos confundir la **astrología** con la **astronomía**, ya que la **astronomía** es la ciencia que tiene por objeto tratar la constitución, posición relativa, y movimientos de los astros; por el contrario, la **astrología** es una ciencia falsa que busca apartar a la gente de Dios y robarle el dinero a los incautos que quieren saber de su futuro. Nuestro Señor Jesucristo acusaba a los escribas y fariseos llamándoles "generación de víboras" y "sepulcros blanqueados", ya que aparentaban ser piadosos pero por dentro estaban llenos de toda clase de inmundicia y no eran más que unos lobos rapaces (Lucas 3:7, Mateo 23:25). Para aquel tiempo Caifás, que era el sumo sacerdote, en conjunto con Anás, su suegro, eran quienes tenían el dominio de la corrupta maquinaria religiosa en Jerusalén bajo el dominio de Roma y eran miembros de sociedades secretas que practicaban la cábala; un tipo de interpretación mística de las Sagradas Escrituras. Este sistema de técnicas ocultistas es aún usado hoy en día por algunos rabinos para analizar las Sagradas Escrituras. Se cree que esto se originó en la deportación de los judíos a Babilonia y que permite a algunos comunicarse con espíritus malignos. Jesucristo sabía de sus prácticas ocultas y de su falta de piedad hacia los pobres y hacia las viudas y por eso los condenaba. Exactamente y de la misma manera, Dios condena en nuestro tiempo este tipo de prácticas místicas, astrales y ocultistas. Lamentablemente hay cristianos que consultan a los horóscopos en periódicos y revistas y yo he podido ser testigo de esto; según algunos "esto no es nada malo". Yo solo aclaro que no debemos de auto engañarnos y debemos a la vez de analizar todo bien, pues los principios espirituales son lo que son y no los podemos cambiar. Lo que no hace crecer en lo espiritual, hace menguar o estancar y no podemos cambiar eso. Recuerde: Todo aquello que tiene que ver con lo espiritual son puertas abiertas para bendición o maldición y esto es INQUEBRANTABLE.

El objetivo de la astrología (que no es otra cosa que pseudociencia), es de apartar del verdadero conocimiento que nos da Dios a través de su Palabra.

Una pseudociencia es una disciplina, determinada por un conjunto de prácticas, creencias, conocimientos y metodologías no científicos, pero que reclaman dicho carácter. Algunos ejemplos son: la astrología, la homeopatía, la ufología, el psicoanálisis, el feng shui, el tarot, la numerología, la parapsicología, etc.

No debemos de estar ansiosos por nuestro futuro ni tampoco temer por el mismo, ya que nuestra vida está escondida en Cristo (Colosenses 3:1-3) y nuestro camino está en las manos de Dios (Salmos 37:5). El consultar a los signos de los horóscopos es pecado, pues le da más valor a la creación que al Creador. Las estrellas y los astros Dios los hizo para que funcionaran en la mecánica celeste (Jeremías 31: 35, 36), además de que la astrología es una mentira que el mismo Nabucodonosor descubrió y evidenció cuando tuvo un sueño que ninguno de sus astrólogos le pudo ni contar ni interpretar (Daniel 2:8,9)

Esta gente solo dice mentiras y cosas que son obvias para apartar a las personas de la verdad y engordar su bolsillo. Siempre veo a los medios seculares consultando a astrólogos para lo que va a suceder a fin de año y nunca se cumple, como quiera al otro año vuelven y consultan. Esta actividad, como todo pecado es adictiva hasta que llega a destruirte por completo. Hay personas que se vuelven adictas a la consulta de los horóscopos y por cualquier cosa que diga su signo, se pueden alegrar o deprimir o causarles literalmente pánico. Es algo sin fundamente que produce diversos estados de ánimo en la vida del que se aferra a esto. Dios prohíbe esta práctica.

"Cuando se hallare en medio de ti, en alguna de tus ciudades que Jehová tu Dios te da, hombre o mujer que haya hecho mal ante los ojos de Jehová tu Dios traspasando su pacto, que hubiere ido y servido a dioses ajenos, y se hubiere inclinado a ellos, ya sea al sol, o a la luna, o a todo el ejército del cielo, lo cual yo he prohibido" (Deuteronomio 17:2,3)

Idolatrar a los astros no significaría solo "arrodillarse" ante ellos de forma literal, sino también consultarles por los horóscopos, pues les estás dando el lugar que solo le pertenece a Dios. Solo Dios conoce nuestro futuro y solo a Él oramos por las decisiones que vayamos a tomar para que sea Él quién nos muestre.

El Rey Saúl de Israel, fue desechado por Dios por desobedecerle y atender el favor del pueblo más que la orden divina (1Samuel 15:23), pero fue el hecho de consultar a una adivina, lo que determinó su muerte definitiva (1Samuel 28:3-25, 31:1-6)

Cuando la Biblia nos habla también sobre los "reyes magos" (Mateo 21:1-12), no se puede interpretar como que eran astrólogos. Ellos eran un grupo de estudiosos gentiles que sabían perfectamente que el nacimiento del Mesías sería anunciado por la aparición de una extraordinaria estrella. Esto nos demuestra sin duda alguna, que la información sobre el nacimiento del Salvador del mundo se difundió por la clase intelectual de oriente. El profeta Daniel, que era el jefe de los magos de Babilonia, pudo haber difundido la noticia sobre la profecía de la estrella de Jacob por la clase intelectual de Babilonia y Persia (Daniel 4:9)

Es obvio que Daniel era un profeta de Dios, pero decirle "mago" era una generalización en aquella cultura para todos los de la corte del Rey que estaba en ese renglón de llamados "sabios".

Cuando la Biblia dice "magos", refiriéndose a los reyes del oriente que fueron a adorar a Jesús, tampoco significa que eran dados a las "artes mágicas" o astrología, sino que eran astrónomos. Daniel repudió la magia y astrología de los caldeos y sirvió única y exclusivamente al Dios verdadero.

El origen de la astrología es multicultural, ya que parece haber surgido de forma independiente en varias civilizaciones como la Babilónica, la Egipcia, la China o la Maya. A partir del siglo V a.C. se extendió por la Grecia clásica donde se combinaron los sistemas babilónico y egipcio, manteniéndose prácticamente indistinguible de la astronomía hasta el siglo XVI, donde los postulados de

Copérnico y Galileo, principalmente, marcaron el inicio de su declive y de su separación de la astronomía científica.

Estos orígenes, y su escasa evolución posterior explican muchos conceptos arcaicos que aún se emplean en la astrología contemporánea, totalmente obsoletos al compararlos con los conocimientos físicos y astronómicos actuales. Así ocurre, por ejemplo, con la atribución de los signos zodiacales a un elemento como el aire, la tierra, el agua y el fuego, que corresponden a los elementos griegos de la antigüedad, o la asignación de verdaderas «personalidades» a las constelaciones, astros y planetas, originadas en la antigua concepción de divinidad para el cielo y las estrellas, así como su identificación con determinados dioses en aquellos sistemas politeístas.

Objeciones racionales a la astrología

Si bien toda la parte del cálculo de posiciones relativas de astros y planetas no merece crítica alguna, y puede representar un interesante entretenimiento astronómico, lo que convierte a la astrología en una pseudociencia oscurantista y carente de validez es el siguiente paso: El afirmar que las posiciones en el momento del nacimiento marcan el carácter de la persona y dirigirán el resto de su existencia.

Veamos cuáles son las inconsistencias principales de la pretendida influencia de las posiciones relativas de los astros en el momento del nacimiento al resto de la vida humana:

Las constelaciones no tienen entidad real

Algo fundamental para la pseudociencia astrológica es la existencia de las constelaciones y especialmente las del zodiaco. Sin embargo, una constelación solamente es una ilusión óptica, sin entidad física real. Las estrellas que componen una constelación no se encuentran relacionadas entre sí, de hecho, algunas pueden estar más alejadas entre sí que con nuestro propio planeta. Las formas de las constelaciones son únicamente el resultado de nuestro punto de vista como observadores, al igual que cuando vemos una fotografía de una persona sujetando la torre de pisa. Las tradiciones astrológicas de la antigüedad desconocían este dato, sin embargo hoy día es un hecho indiscutible «olvidado» por la astrología contemporánea.

¿En qué consiste la influencia de los astros?

Algo que jamás ha explicado la astrología es el vehículo que transporta la influencia astral hasta nuestras vidas. Es decir, ¿cuál es la fuerza física que la constelación de Acuario o el planeta Plutón ejerce sobre nosotros en el momento del nacimiento como para marcar el resto de nuestra existencia?

Lógicamente no puede tratarse de la única fuerza conocida que actúa a tales distancias, el campo gravitatorio, dado que la influencia de una estrella situada a millones de años luz es insignificante.

Las comprobaciones estadísticas

La estadística nos permite dilucidar la posible existencia de una relación causa-efecto, a pesar de no conocer el mecanismo del proceso. En este sentido, todos los estudios realizados no muestran ninguna correspondencia más allá del simple azar entre las predicciones astrológicas y la realidad. Quizá el estudio más completo fue el llevado a cabo en 1985 en California, EE.UU (Carlson, S.: December 1985, "A double blind test of astrology", *Nature*, 318, 419-425) y que concluía categóricamente que la correlación afirmada y predicha entre la posición de los planetas y otros astros a la hora del nacimiento y la personalidad del individuo no existe.

Muchas veces puede parecer lo contrario, ¿quién no ha leído alguna vez un horóscopo en un periódico que parece relatarle su situación real? Aquí también tiene mucho que ver la estadística, veamos. Hoy, 27 de julio, escogemos en Yahoo astrología un signo al azar, por ejemplo Tauro, para el que leemos el siguiente pronóstico sobre vida personal: *"Tienes una amplia gama donde escoger de actividades de recreación pero no sabes hacia dónde volverte Toma un receso y prueba algo nuevo y tentador."* Si en una gran ciudad de 6.000.000 de habitantes suponemos una distribución equis probable de fechas de nacimiento, tendríamos 1/12 (500.000 habitantes) de signo Tauro. A finales de Julio, es de suponer que gran parte de ese medio millón de personas esté pensando en irse de vacaciones o que ya las esté disfrutando. De esta forma, un alto porcentaje de Tauros tendrá "una amplia gama de actividades de recreación entre las que escoger" y muchos de ellos estarán pensando si se atreven a hacer algo un poco más aventurado de lo normal. Lógicamente, el elevado número de individuos, unido a las afirmaciones siempre muy generales de este tipo de predicciones hace que gran parte de crédulos se sientan identificados perfectamente. Sobra decir que un Libra o un Géminis tendrían exactamente las mismas probabilidades de cumplir la predicción.

La poca universalidad del sistema

Según los principios astrológicos es fundamental conocer, además del momento exacto, el lugar concreto del nacimiento, dado que las constelaciones no se ven de igual forma en todo el planeta. Esto último es obvio y, de hecho, la astrología contemporánea proviene de una tradición originaria de las regiones templadas del hemisferio norte, y solo sirve para ellas. En el hemisferio sur, las constelaciones y las propias estaciones están invertidas, mientras que en las regiones cercanas a los polos ciertos astros y signos zodiacales no son jamás visibles, mientras que en las "casas" astrológicas, absolutamente indispensables para la elaboración del horóscopo, no pueden ni siquiera ser calculadas. Es decir, la astrología excluye a lapones y esquimales, que parecen escapar a sus «leyes».

Por otro lado, el sistema astrológico tampoco es universal en el tiempo, dado que las posiciones de las estrellas y las formas de las constelaciones varían debido al desplazamiento de nuestro sistema solar con respecto al resto de la galaxia. De esta forma, nuestro cielo sería irreconocible hace tan solo unos pocos millones de años, al igual que lo será dentro de otro tanto. Debido a que como comentábamos más arriba, las constelaciones únicamente son una ilusión óptica debida al punto de vista desde el que observamos un conjunto de estrellas muy distantes unas de otras, al variar considerablemente la posición del observador -nosotros- la forma desaparece, al igual que desaparece la ilusión del joven que sujeta la torre de Pisa simplemente con desplazarnos un par de metros a la derecha o la izquierda. El movimiento de la Tierra alrededor del Sol es demasiado pequeño para mostrar esta deformación de manera apreciable, pero el desplazamiento del sistema solar rotando sobre el centro galáctico si permite observar el fenómeno, aunque en una escala de tiempo muy elevada.

La forma de las constelaciones cambia con el correr del tiempo. El dibujo del centro representa el carro de la Osa Mayor en la actualidad, el superior 100.000 de años atrás, y el inferior, dentro de 100.000 años. (*)

Otras consideraciones

Además de lo mencionado hasta ahora, que basta para invalidar la "teoría astrológica", cabe preguntarse por algunas incongruencias como las que señala Andrew Fraknoi, de la Astronomical Society of the Pacific, en su Astrology Defense Kit:

– ¿Cuál es la probabilidad de que a una doceava parte de la humanidad le suceda lo mismo en un día?

Por eso, como hemos comentado, las predicciones se redactan de forma tan abstracta.

– ¿Por qué se fijan los astrólogos en el momento del nacimiento en lugar de en el día de la concepción? Sería más lógico que el momento de la concepción, que es cuando se conforma la identidad genética del individuo, fuera el punto de referencia astrológico. Quizás, como sugiere el propio Fraknoi, el hecho se deba simplemente a que todo el mundo conoce exactamente su fecha de nacimiento, pero no la de su concepción.

– ¿Son incorrectos los horóscopos que se hicieron antes del descubrimiento de los tres planetas exteriores? Urano, Neptuno y Plutón fueron descubiertos en 1781, 1846 y 1930, respectivamente. Dada la influencia de los planetas en las predicciones astrológicas, ¿Toda la astrología anterior era incorrecta? Y ahora que sabemos que hay decenas, cientos o miles de cuerpos como Plutón más allá de su órbita, ¿tampoco será correcta la astrología hasta que descubramos y podamos incluir la totalidad de estos cuerpos en las cartas astrales?

– Si la influencia astrológica se ejerce a través de una fuerza desconocida ¿por qué es independiente de la distancia? Las influencias astrológicas no dependen con la distancia a la que se encuentre el astro (Marte varía su distancia a la Tierra en varios cientos de millones de kilómetros según la época del año) Sin embargo, una fuerza que no dependiera de la distancia sería un descubrimiento revolucionario y cambiaría muchos de nuestros principios científicos fundamentales.

– ¿Si las influencias astrológicas no dependen de la distancia ¿por qué no hay astrología de las estrellas, de las galaxias o de los cuásares? ¿Por qué solo influyen las constelaciones zodiacales y los planetas del sistema solar? Si la influencia no depende de la distancia, el agujero negro súper masivo del centro galáctico debería tener una importancia fundamental, así como estrellas gigantes, quásares o simplemente los millones de asteroides y cometas de nuestro propio sistema solar.

¿Y por qué, simplemente, no nos reímos?

Seguramente muchos se estén planteando que es innecesario rebatir una mitología claramente sin sentido. Por otro lado, ¿qué mal hace leer tu horóscopo en el periódico y banalizar un rato sobre el tema? En otras palabras, si no hace daño a nadie, ¿por qué empeñarnos en señalar la falsedad de la astrología y no dejar que cada uno se entretenga con lo que quiera?

Este argumento tendría mucho sentido si no existieran un par de aspectos que convierten a este «entretenimiento» en algo dañino y, por lo tanto, digno de ser regulado. En primer lugar, y como ya hemos señalado más arriba, casi la mitad de jóvenes, por poner el ejemplo de un país, en el caso de España, es decir, jóvenes españoles creían a finales del siglo XX que la astrología tenía base real. Esto no se trata ya de un entretenimiento o un hobby, sino de un caso preocupante de incultura y desinformación en la población. Incultura que, en segundo lugar, es explotada por multitud de astrólogos y adivinadores para obtener grandes beneficios a costa de mucha gente que en algunos casos puede emplear su dinero en ello y también personas agobiadas, con serios problemas afectivos y psicológicos cuya fragilidad es exprimida para obtener millones anuales en un negocio que se basa exclusivamente en humo.

¡¿Hechicería en la iglesia?!

La primera forma de hechicería no es solamente los que bregan literalmente con esto, aunque lamentablemente se han dado los casos de personas de mismas iglesias, y totalmente apartados de la verdad, que literalmente han ido al brujo para tirarle una brujería a su hermano en la fe, Pastor o predicador para impedir su avance o cualquier otra cosa que quieran que sea a su manera y no a la manera de Dios. Usted se preguntará ¡¿Pero cómo es eso?! ESO NI TIENE LOGICA. Bueno, yo mismo he sido víctima de esto ataques porque de una u otra forma, este tipo de ataques se sienten aunque no te lleguen, y más hoy día donde han querido hacer del cristianismo "una mafia" donde es a su manera y no a la manera de Dios. La advertencia que puedo darle a los que pretenden hacer esto, es que si por ejemplo, alguien hace o manda a hacer un altar de brujería para destruir a otro, y ese altar es encontrado y destruido, la persona que hizo la brujería morirá por mano de la misma fuerza maligna, pero al que está firme en Cristo y con quien Dios tiene planes, podrás atacarlo por años meses y todo lo que quieras y seguir insistiendo en que le llegue la brujería sin ningún resultado, pero esto te consumirá y luego se te rebotará el momento que menos lo esperes y lo mínimo te costará tu vida y hasta la salvación de tu alma, además de que también puede rebotarse a tu familia y a tus generaciones, si es que tu familia también no desaparece. El enemigo no juega y no es amigo de nadie.

La otra forma más común de hechicería en la iglesia es atacar a los creyentes con 1. La manipulación, 2. La intimidación y 3. La dominación porque sencillamente están "borrachos" y "sedientos" de poder, y eso lo he visto de forma continua. Estos tres puntos se usan mucho para por medio del miedo a la salvación y el desconocimiento o superstición del hermano o la hermana en la fe que no está tan firme, controlarlo al antojo. Un claro ejemplo son las oraciones de manipulación y control, o los "apostolobos" de hoy día que "maldicen" a sus enemigos.

Esto puede variar hasta el caso de que alguien sencillamente no le caiga bien, no le guste su look, le tenga envidia, tenga racismo, complejo, etc. y manipular la Biblia misma para fines propios. Lo que hay en el corazón para ejecutar estos fines, nunca puede ser algo que está fundamentado en Dios.

El Nombre de Jesús sobre los demonios y el reino de las tinieblas

Colosenses 3-17. Y *todo* lo que hacéis, sea de palabra o de hecho, hacedlo todo en el nombre del Señor Jesús, dando gracias a Dios Padre por medio de él.

Es claro que nuestra autoridad es en el nombre del Señor Jesús, y dice TODO, o sea, TODO. Pablo por el Espíritu Santo nos mandó y enseño cómo se debe pedir y hacer las cosas, en el nombre de Nuestro señor Jesucristo. También dice:

EN MI NOMBRE echarán fuera demonios; hablarán nuevas lenguas (Marcos 16:17) "Y estas señales seguirán a los que creen: Tomarán en las manos serpientes, y si bebieren cosa mortífera, no les hará daño".

EN MI NOMBRE Así mando Jesús echar demonios y orar por los enfermos en el nombre de Jesucristo, dijo EN MI NOMBRE.

Juan 15:16 dice que "no me elegisteis vosotros a mí, sino que yo os elegí a vosotros, y os he puesto para que vayáis y llevéis fruto, y vuestro fruto permanezca; **para que todo lo que pidiereis al Padre en mi nombre, él os lo dé"**.

Vemos también en la Biblia la autoridad con la que el Arcángel Miguel también le dice al mismo Satanás ¡El Señor de reprenda! (Judas 1:9)

Y en Zacarías 3:2 dice así:

"Y dijo Jehová a Satanás: Jehová te reprenda, oh Satanás; Jehová que ha escogido a Jerusalén te reprenda. ¿No es éste un tizón arrebatado del incendio?"

He escuchado hasta en testimonios de personas no convertidas y cuando no eran convertidas y ahora lo son, momentos de terrible angustia que vivieron o de momento les fue revelada una malicia y reprendieron en el nombre de Jesús porque se recordaron de la iglesia y de lo que escuchaban, y la malicia se fue.

Quisiera exponer de forma anónima un caso de hace tiempo de una persona que había llegado a la casa de su hermano a visitarlo. Su hermano estaba pasando por terribles problemas de divorcio y más. Cuando llegó, su hermano se estaba suicidando ahorcándose y ya estaba casi inconsciente. Lo terrible era que la persona sentía una "fuerza" que no le dejaba acercarse a su hermano y sentía una extrema debilidad para ayudarle y siendo él inconverso, se recordó de su familia cristiana reprendiendo en el nombre de Jesús porque sintió una presencia perversa y hasta vio sombras negras alrededor pero no iba a abandonar a su hermano por miedo. Reprendió en el nombre de Jesús apenas con las fuerzas que pudo ante la malicia que estaba allí que casi ni lo dejaba moverse ni hablar e inmediatamente reprendió, pudo apreciar como "aquello" se comenzó a debilitar. Cuando recuperó más fuerzas, reprendió más fuerte y los demonios se fueron y pudo finalmente ayudar a su hermano. Nada es mejor como para terminar este libro, diciendo que el secreto de verdadero poder está en Dios y que tú tienes autoridad en el nombre de Jesús.

__"Someteos, pues, a Dios; resistid al diablo, y huirá de vosotros" (Santiago 4:8)__

Made in United States
North Haven, CT
01 September 2022